Alles Facebook oder was?

Athina Spalato

Alles Facebook
oder was?

Bibliografische Information der Deutschen Nationalbibliothek

Die Deutsche Nationalbibliothek verzeichnet diese Publikation
in der Deutschen Nationalbibliografie; detaillierte bibliografische
Daten sind im Internet über http://dnb.d-nb.de abrufbar.

© 2013 Athina Spalato
Umschlagdesign, Satz, Herstellung und Verlag:
BoD – Books on Demand
ISBN 978-3-7322-0859-3

:-) :-) Ein herzliches »Hallo« erst mal an alle meine Leser :-) :-).
Es freut mich, dass ich mit meinem Buch eure Neugierde geweckt habe.
Sollte es ein Erfolg werden, dann könnt ihr darauf setzen, dass ich nun
regelmäßig auftauchen werde. :-) Immer mit frischen Themen und
dem Versuch, euch eine etwas andere Sichtweise darauf vorzustellen.
:-) :-) :-) Auf meine Art … :-) :-) :-)
Zunächst aber eine kurze Mitteilung in eigener Sache:
Ich schreibe gerne, und es war an der Zeit zu entscheiden, was mein
erstes Buch beinhalten sollte. Nun, das ergab sich ganz einfach. Ich chat-
tete mit einem Kumpel. Wir blödelten und schrieben über dies und das,
und irgendwie machten wir uns über Facebook lustig. Plötzlich dachte
ich, warum sollte ich nicht ein Buch darüber schreiben. :-) Die Idee war
geboren. :-)
Vor einigen Jahren habe ich schon einmal ein Buch geschrieben. Aber
die Sterne meinten es nicht gut mit mir. Mein Computer crashte. Also
rief ich einen Freund an, der meinte, mein Kasterl müsste neu aufgesetzt
werden. Gesagt, getan. Sie kamen zu zweit.
Als ich dieses Geschehen aus sicherer Entfernung beobachtete, hörte
ich noch, wie gesagt wurde: »Das braucht sie sicher nicht mehr,
löschen.« Mein Herz blieb stehen, und wenn ich es nicht genauer
wüsste, würde ich sagen, es waren bestimmt mehrere Aussetzer. Ich
starrte meine zwei Freunde an und dachte mir, ich geh jetzt in die Küche
und hole mein Messer. Das von Tupper, mit dem besonderen Schliff.
Da ich es noch nicht getestet hatte, wäre jetzt bestimmt der richtige
Augenblick, um sie gaaanz langsam aufzuschlitzen. Außerdem wäre es
noch in der Garantiezeit, und ich könnte vom Rückgaberecht Gebrauch

machen, sollte es nicht den Ansprüchen gerecht werden. Ich analysierte die Situation und lechzte nach Rache, aber ehe ich mich versah, rissen sie mich aus meinem Traum raus, indem mir einer meiner Helfer in der Not auf die Schulter klopfte und sagte, es sei vollbracht, und ich könne wieder drauflostippen. Meine ganze Arbeit in nicht einmal fünf Minuten weg, ein Jahr mühevoller Tipperei, einfach futsch! Aber dafür hatte ich einen neu aufgesetzten Computer und ein unbenutztes Messer.

Vielleicht meinen es die Sterne mit mir jetzt ein wenig besser, oder sie haben Mitleid mit einem Mädchen wie mir und lassen meinen Traum Wirklichkeit werden.

Ist ja nicht so, dass ich keine Munition zum Schreiben hätte. Material ist ja genug vorhanden.

Es fasziniert mich, wie Menschen ihr Privatleben breittreten, ohne Rücksicht auf Verluste.

Es interessiert mich, wenn einer schreibt, er »*hod an schas losn*« und ich auf den »Gefällt mir«-Button klicken kann. Vor allem, wenn eine präzise Zeitangabe das Ganze untermauert und man ganz genau weiß, wann er gefurzt hat. Noch dazu, wenn er es übers Handy postet, dann ist man sogar darüber informiert, dass er dabei unterwegs war. Wenn man Glück hat, schreibt er auch noch, wo er sich gerade befindet. In solchen Fällen posten solche Leute meistens zweimal, die Informationen kommen also verschlüsselt, aber bei guter Kombinationsgabe ist es ein Leichtes herauszufinden, wo und was sie gerade tun. Je mehr jemand postet, desto besser kann man kombinieren, wie das Tagerl so verlaufen ist, und man weiß genauestens Bescheid, wann, wie, was und wo. Auch wenn es um einen »schas« geht.

Es verblüfft mich jedes Mal wieder, dass sich jemand krankschreiben lässt und man dann genau verfolgen kann, dass die Kranke gerade mit einer Freundin shoppen war. Sie postete, dass es sehr toll und lustig war. Ich frage mich, ob der Arbeitgeber das auch so sieht, aber in Anbetracht der Tatsache, dass nur 20 Arbeitskollegen in der Friendslist sind, ist die Gefahr äußerst gering. :-)

Ich wage nicht daran zu denken, welche Auswirkungen auf die Ergebnisse der PISA-Studie die in diesem Buch zitierten Auszüge hätten. Denn hier, auf Facebook, meldet sich der Großteil der Menschheit zu Wort, der es mit der Rechtschreibung wohl nicht so genau nimmt.

Die Wikipedia schreibt: »PISA misst Schülerleistungen in Punkten auf einer willkürlichen Skala. Interpretierbar werden die Punktwerte erst, wenn sie in einen Kontext gesetzt werden. Das geschieht regelmäßig durch den Vergleich verschiedener Länder.«

Welch ein Glück, Facebook blieb bislang unangetastet. Aber im Vertrauen, ein wenig neugierig wäre ich schon.

Kommentare wie: »*mei oida ged ma am oasch er feid mi o*« finde ich absolut spannend. Da geht so richtig die Post ab. Überhaupt, wenn man als stiller Beobachter dieses spektakuläre Ereignis mit verfolgt. Die Ratschläge, die dazu in den Kommentaren abgegeben werden, finde ich besonders passend. Zum Beispiel: »*Des losad i ma ned gfoin*« oder »*sauf di moi gscheid o und hau eam ane eini.*«

Ein User kam gerade noch rechtzeitig, um sich noch Infos zum Highlight des Tages abzuholen, indem er mal nachfragte: »*Wos isn leicht passiert.*« Aha, dachte ich, ein Außenstehender, der noch nicht informiert ist. Erwartungsvoll sitze ich vor dem Bildschirm und erhoffe mir jetzt genaue Berichte über die Sachlage. Folgendes kam dabei heraus:

A: »*Jo mei oida is afoch nur deppad.*«   (Interessante Äußerung, weiter?)

B: »*I sog jo schias na im wind den dodl*«   (Ich nehme an, damit ist der Freund von A gemeint)

A: »*Der is jezad weggfoan und hod mi ala losn, der oasch*«   (Das kann ich nun gar nicht verstehen, warum er das macht)

B: »*Er is afoch a oasch der hod di ned vadient*«   (Das ist der Tipp, das hat gesessen)

C: »*Genau i hob des a grod erlebt immer nur deppad sei des kenans.*« (Oh, eine Gleichgesinnte)

D: »*Um wos getsn …*«   (Die Spannung steigt, der Neueinsteiger will informiert werden)

A: »*Gehst mid fuat sauf ma si gscheid o don wischma eana ans ausa*« (Na endlich ist eine Lösung des Problems in Sicht: Wir betrinken uns.)

E: »*Scho steil goi!!! Owa ma kummt olle drauf, wea a oasch is!!!*« (Ein Mentalist in der Runde)

F: »*Hö um wen gehts den hiatz ???*«   (Das wird nicht zur Kenntnis genommen)

A: »*Es is immer a wunder wia ma se in manche leit so täuschen kann!!!*«

B: »*Puppi dua di ned so owe, i hob das eh scho gsogt, los di ned segian, wenns moanan – weans schonu sehn was davo hom)*« (Dieser Vorschlag ist sehr präzise und gut erklärt, es bestätigt die Theorie: Jede Aktion erzeugt eine Reaktion)

E: »*Des sog i a*« (Schrieb der Mentalist, um zu signalisieren, dass dieser Punkt abgeschlossen wird, um sich dem nächsten wichtigen Themenbereich zu widmen)

Bei Partnerschaftsproblemen ist Facebook die richtige Adresse, da fühlt man sich so richtig geborgen und wohl. Diese Seite kann ich jedem nur empfehlen. Wie man erkennen kann, gibt es hier gute Tipps und Tricks, wie man eine Beziehung auf Vordermann bringt. Es werden detailliert alle Ecken und Kanten zum Thema Liebe besprochen, und was ganz wichtig ist, man kann sich so viel mitnehmen, um es dann in der Partnerschaft mit einzubinden. Somit kann man sich richtig entfalten und sein Leben glücklich bis ans Ende der Tage in geruhter Zweisamkeit genießen. Ist das nicht herrlich?

Diese Seite fördert jede Beziehung auf eine Art und Weise, an die man im Traum nicht gedacht hätte. Danke.

Außerdem könnte sich die PISA-Studie in puncto neuer Rechtschreibung weitere Anregungen holen, denn diese Schreibweisen sind doch für jedermann einfach und sonnenklar. Die Verständlichkeit in diesen Worten ist unantastbar.

***** ***** ***** ***** *****

A – STATUS: Wahnsinn es gibt so falsche leit auf dera welt das a wahnsinn is (6 Personen gefällt das)

B: »*da hast allerdiiings recht +tzz+*«

C: »*do gib i da voll recht*«
D: »*was los??*«
E: »*wos is den leicht?????????*«
C: »*klein Hirn an groß hirn …bist nu da :-)*«
F: »*ehh puppes … was hatts den ??*«

Das nenne ich mal eine Statusmeldung vom Feinsten. Jeder gibt seinen Senf dazu, und keiner kennt sich aus. :-)

***** ***** ***** ***** *****

A – STATUS: njo während das i dahoam woa va lauta schmerzen homse meine freunde a gaudi gmocht!!!
=)

1 Person gefällt das   (Wie das wohl gemeint ist)

B: »*I net!!!*«   (Das sollte schon erwähnt werden)

A: »*na du net*«   (Damit hat sie ihm jetzt bestätigt, dass er ein klasse Bursch ist)

C: »*A eh? Spinnst jez? Weil ma af linz gfoan san? Du host gsogt mia kinnan e foan, und du wüst hoam …*«   (An alle Leser: Bloß weil man etwas sagt, muss es nicht ernst gemeint sein)

A: »*na i spin net passt eh oise*«   (Der vorhergehende Punkt von mir wird bestätigt)

D: »*i a ned …^^*«   (Eine Neue tritt diesem Thema bei, um auch aufzuzeigen, dass sie keine Schuld trägt, immerhin sollte das schriftlich festgehalten werden)

B: »*Satz es heit nu noch Linz gfoan??? So wias es olle beinaund woats???????????????????*«   (Hier versucht der Nicht-Schuldige zu schlichten)

C: »*jojo*«   (Taktisch klug, sich kurz zu halten)

B: »*owa fesche fotos san des woan ggg*«   (Wie man sieht, mit Erfolg)

C: »*neeeee*«   (Hier ersucht die Person um nochmalige Bestätigung)

B: »*scho ggg*«   (Motivation gehört zum Programm)

D: »*und was sagt der doc??*«   (Um zum Thema wieder zurückzukehren)

A: »*i muas jetzt antibiotika nehma und am mi muas i nuamoi hi*«

Das war's, es wird ihr jetzt telepathisch die Anteilnahme übermittelt, um zu zeigen, welche Fürsorge die Mitglieder dieser Seite ihr gegenüber walten lassen.

Auch aufgrund dieses Beispiels sehen wir ganz deutlich, wie mitfühlend die Mitglieder mit jemandem, der schwer krank ist, umzugehen wissen. Es ist zum Teil herzerwärmend, wie rührend sich die Facebook-Freunde um einen kümmern. Selbstlos und voller Anteilnahme versuchen sie die Kranke aufzuheitern. Solltest auch du gesundheitliche Probleme haben, hoffe ich, dass auch du so tolle Freunde hast, die sich so rücksichtvoll um dich kümmern.

***** ***** ***** ***** *****

A – STATUS: Wieso mÜssen einen manche so ferletzen!

G: =(

A: »*Hmm jo was soi ma machn? Sterben wa a gute lösung!*«

(Hallo? Lese ich richtig?)

K: »*bist deppad???*«   (Absolut feinfühlig, ein guter Kommentar)

C: »*oida mädl, sowas derfst net amoi denken!! wos soi der scheiß!!*«

(Das hilft bestimmt)

G: »*Re ned so an scheiß ?!?!?!*«   (Die Bestätigung der oben erwähnten Worte verleiht den Argumenten zusätzlich Gewicht)

A: *»jo is jo woa«* (Man erkennt, wie sehr ihr geholfen wurde)

K: *» sei froh so lang du nu leben kannst und geniess des leben … es geht eh so schnell zu ende … !!«*

C: *»genau … jeder tag kann der letzte sein, also muss ma jedn tag genießen!!!!«*

B: *»Da Spruch von da Sandra hot do scho wos woares!!!«* (??? Im ganzen Verlauf gibt es keine Sandra)

G: *»Sandra?«*

B: *» ja Sandra.«*

G: *»Wo hat den de wos dazu gschrim?«* (Jetzt ist es aufgeflogen)

B: *»aso jo do net!!! Scheiss auf alles, scheiss auf jeden, mach dein Ding und leb dein leben«* (Gut gemacht. Das nenne ich mal eine positive Einstellung, das hilft ihr bestimmt)

G: *»Assoooo … Jap«* (Ein wichtiges Abschlusswort darf natürlich nicht fehlen)

Hier kann man genau erkennen, wie feinfühlig und voller Sensibilität die Freunde auf einen zugehen. Das ist für Suizidgefährdete besonders wichtig. Das Zwischenmenschliche in diesem Beispiel ist von ganz besonderem Wert. Auch zwischen den Zeilen lesen zu können erfordert feinstes Fingerspitzengefühl.

Also an dieser Stelle möchte ich mich bei allen meinen Freunden bedanken, die für mich jedes Mal da waren, wenn es schwierig wurde. Ich schätze jedes gute Wort von ihnen.

***** ***** ***** ***** *****

Der nächste Bericht raubte mir fast den Atem:

Ich liebe diese Sätze! ♥
Es is einfach nur so scheen!
Wenn man von dem getötet wird, den man liebt, hat man keine Wahl. Wie kann man fliehen, wie kämpfen, wenn man damit dem Liebsten wehtun würde? Wenn das eigene Leben das einzige ist, was man dem Liebsten geben kann, wie kann man es ihm dann verweigern? Wenn es jemand ist, denn man wirklich liebt?

Therapie? Wie in aller Welt kann man so einen Satz lieben? Was zum Teufel ist in dieses Mädchen gefahren? (Auch wenn der Satz aus *Twilight* stammt)

(2 Tage später)
I have to forget you! 4 – EVER :‹(

Na Gott sei Dank. Das ging ja noch mal gut. Ist es nicht wunderbar, dass sich manche Dinge in kürzester Zeit von selbst erledigen? Wie schnell sich doch etwas zum Guten wenden kann. :-)
Es erstaunt mich immer wieder, dass Mädchen in diesem Alter Sätze wie die oben erwähnten schön finden.
Wenn ich so zurückdenke: Als ich 13 war, habe ich noch mit meiner Barbie gespielt. Wir waren draußen in der Natur und kamen voll Begeisterung mit Läusen nach Hause. :-) Wir haben unsere kleine Welt draußen erforscht, hatten ein Baumhäuschen, und im Winter machten wir uns ein Iglu. Meinen Eltern wurde es eher selten mit mir langweilig, denn ich war ein sehr aufgewecktes Mädchen; ich hatte nur Flausen im Kopf und war gerne auf Tour, das sagt zumindest meine Mutti.

***** ***** ***** ***** *****

A – STATUS: es wäre zu schön um wahr zu sein wenn alles in ordnung wäre!!!!! owa es is jo eh nix neichs das beschissen is (Der Hilfeschrei in diesen Worten ist unumstritten)

B: »*wenn alles in ordnung is is jo a fad ... schau mir gez net besser*...« (Wenn ich es nicht genauer wüsste, würde ich sagen, diese Worte sollen Trost spenden)

A: »*tjo owa sche langsam ko i nima owa des kapiert jo a gewisse person net*« (In verschlüsselter Form zu schreiben finde ich sehr gemein, da man nicht genau erkennen kann, wer damit gemeint ist. Als Beobachter dieser Debatte hat man es nicht immer leicht; deshalb folge ich dem Thema voll Wachsamkeit, um auf die geheimen Zeichen zu achten)

C: »*Sche laungsaum miassats es jo eh gwehna, oda.*« (Wie heißt es doch so schön: gute Zeiten, schlechte Zeiten)

D: »*reden hilft!! streiten nicht.*« (Hier würde jeder Psychotherapeut vor Neid erblassen)

A: »*der woa guad wann ma reden kinat*« (Die Verzweiflung in diesen Worten lässt darauf schließen, dass sie jederzeit bereit wäre, alles dafür zu geben, ihre Beziehung auf das Bestmögliche hoch zu katapultieren. Spätestens jetzt ist es eindeutig – mit hellseherischen Fähigkeiten, wessen Schuld das alles ist)

D: »*kann man immer, muss man nur wollen*« (Hier noch mal tröstende Worte vom Therapeuten)

B: »*u wanns redn net hilft dann vl auf abstand gehen ohne kontakt usw dass dann beide wida setz wie wichtig dass eich satz*« (Das hilft bestimmt, davon bin ich überzeugt. Das ist die Basis für die Wiederherstellung einer fast zerstörten Beziehung)

Jeder Psychotherapeut würde, wie schon erwähnt, vor Neid erblassen, wenn er die oben erwähnten Zeilen liest. Absolut professionell, wie die Facebook-Freunde diese Situation bewerten. Ich finde es sehr schade, dass nicht alle an dieser Weisheit teilhaben können, es würde vielen lieben Menschen helfen, die verwirrt und Hilfe suchend nach solchen Informationen lechzen.

***** ***** ***** ***** *****

A – STATUS: was mach ich gerade: ich steh da und schau gerade auf deutsch gesagt i steh nur do und schau grod :))
Gefällt mir 1
B: »*eeeeeeee??? und wie schaut‹s aus???*«   (Das ist genauso tiefgründig, als wenn ich sagte, treffen sich zwei Uhren, sagt die eine zur anderen: »Geh schon mal vor.«)

***** ***** ***** ***** *****

A – STATUS: nichts ist unmöglich wenn du ziele hast in dein leben dann sitz nicht und träume vor dich hin, sonder hole dir alle möglichkeiten und setz alles auf spiel das du das erreichst was du willst … verlieren wirst nichts sonder nur gewinnen …
Das schrieb jener welcher, der die vorigen Statusmeldungen gegeben hat. Es ist entzückend, wie sprunghaft die Gedankengänge dieser Person sind.

***** ***** ***** ***** *****

A – STATUS: Eine Gefahr für die Bevölkerung besteht angeblich nicht. Was haben die Experten vor einigen Tagen gesagt? Wir werden sicher

nicht von dem Atomunfall in Japan betroffen sein. :)) österreicher drauf : na habedere, wos soima jetzt duan, es voidrottln :)
B: »:)))))«

Das leuchtet ein. Wir schreiben das Jahr 2011, da muss man schon vorher etwas Cooles sagen, bevor man zum Punkt kommt. Falls er kommt – der Punkt.

***** ***** ***** ***** *****

A – STATUS: Heute habe ich nach vielen Untersuchungen erfahren, dass ich unfruchtbar bin. Meine Frau ist gerade mit unserem zweiten Kind schwanger. Ich glaube, wir sollten mal reden.

Besonders interessant ist das Wort »unserem«. Ein gesunder Standpunkt.

***** ***** ***** ***** *****

A – STATUS: Heute saß ich nach einer zermürbenden Trennung von meinem Freund im Bus. Ein kleiner Junge schaute mich mitleidig an und fragte unschuldig: »Weinst du, weil du so hässlich bist?«

Das klingt nach einer neuen Erfahrung. Da sag noch mal einer, Kinder sagen nicht die Wahrheit.

***** ***** ***** ***** *****

A – STATUS: Heute habe ich einen Freund auf der Straße gesehen. Er sah mich nicht und ich rief ihn kurz an. Er nahm sein Handy aus der Hosentasche, schaute aufs Display, seufzte und ging nicht ran.

Hm. Ich nehme an, das ist das Ende einer schönen Freundschaft.

Seit ich mich mit Facebook beschäftige, hat die Arbeit von Psychotherapeuten für mich einen völlig neuen Stellenwert bekommen. Ich ziehe meinen Hut und habe tiefsten Respekt. Vor allem, wenn ich sehe, in welche Richtung sich die Menschheit bewegt. Ich stelle mir die Arbeit sehr schwierig vor, denn wenn man den Kuddelmuddel in Betracht zieht, den manche das Leben nennen, so erweckt es in mir den Eindruck, dass es etwas schwierig sein könnte, sie zu therapieren. Aber ich lasse mich gern eines Besseren belehren.

Ich würde zu gerne wissen, was Sigmund Freud oder C.G. Jung davon halten würden, wenn sie so eine Menschengruppe studieren könnten. Wahrscheinlich wäre es ein gefundenes Fressen. Jung ist ein wichtiger Vertreter der Psychologie des Selbst innerhalb der Tiefenpsychologie. Sein Werk lässt sich *nicht* verstehen, wenn man nicht die Beziehung des Ich zu seinem Persönlichkeitskern, dem Selbst, in die Psychologie mitaufnimmt. Ich finde, Jung wäre bei Facebook genau richtig, denn verstehen kann man es (Facebook) zum Teil ja auch nicht. Hätte er da wohl Licht ins Dunkel gebracht? Diese Frage wird wohl nie beantwortet werden.

Was Freud anbelangt: Er meinte, dass es ein Unbewusstes geben müsse, welches verantwortlich für den Großteil der menschlichen Handlungen sei. Zieht daraus eure eigenen Schlüsse. :-)

Facebook ist ja eine sozial-kommunikative Plattform, in der die zwischenmenschliche Ebene sehr gefördert wird. Nun, es ist für jedes Mitglied etwas dabei. Ob man eine Statusmeldung machen möchte oder einen Beitrag kommentiert – der eine oder andere interessiert sich, wer mit wem, wo und wann was macht oder auch nicht macht.

Firmen können eine Seite gestalten, um ihre Präsenz zu sichern. Da präsentieren sich besonders verlockende Angebote, wie Kofferpacken oder Gratiskino. Die Facebook-Mitglieder sind ganz aus dem Häuschen und hasten bei jeder Gelegenheit zu dem Kasten, um das Angebot an so viele wie möglich weiterzuleiten bzw. andere einzuladen. Denn nur

dann, wenn man viele Freunde einlädt, die wiederum ihre Freunde einladen, die wiederum ihre Freunde einladen … (das ist cool, ich könnte
ein ganzes Buch mit einem Satz schreiben, aber ihr wisst, worauf ich
hinaus will :-)), bekommt der, der vorher eingeladen hat … Trommel-
wirbel!!! Jawohl, einmal Gratiskino. Ist das nicht fantastisch! Network-
Marketing für einen gratis Kinobesuch. Die Plattform der unbegrenzten
Möglichkeiten. Tolle Angebote, Werbung, wohin das Auge auch sieht.
Der Medienwahnsinn macht auch hier keinen Halt. Wenn man auf die
eigene Seite geht, wird man erschlagen von Werbeeinschaltungen. Ich
dachte, ich wäre besonders klug, und entfernte sie mit dem »x«. Aber
dann las ich: »Du hast die Werbeanzeige entfernt. Warum hat sie dir
nicht gefallen?« Entscheiden kann man zwischen: Uninteressant, Irre-
führend, Sexuell explizit (dieses Wort musste ich googeln), Steht meinen
Ansichten entgegen, Anstößig, Wiederholend und zum Schluss Sons-
tiges. Wenn man sich dann entschieden hat, irgendwo ein Kreuzerl zu
machen, weil es einem ohnehin egal ist, kommt die Meldung, man halte
sich fest: Vielen Dank für dein Feedback. Diese Information hilft uns,
dir in Zukunft passendere Werbung anzuzeigen. Welch ein Glück, ich
dachte schon, sie würden mich vergessen.
Nicht auszudenken, wie schlimm es wäre, nicht den neuen Nissan zu
sehen oder die neue Sommermode für nur 19.90 € begutachten zu
können. Der letzte Schrei sind überhaupt die Schuhe, und man kann
sogar eine Patenschaft für eine Schildkröte übernehmen. Besonders
spannend finde ich Fragen wie:

**Warst du in den letzten Wochen in der Nähe von Linz (Oberosterreich,
Austria)?**
Ja, ich war kürzlich dort ○
Ich wohne in einem Vorort oder Nachbarort ○
Innerhalb von 100 km von Linz ○

Anderenorts in Austria O
Ich wohne in einem anderen Land O
Deine Antwort bleibt anonym. O

Wie aufregend! Ich bleibe anonym. Jetzt wo ich das weiß, werde ich die Fragen natürlich sofort nach bestem Wissen beantworten, man sollte ja die Werbeindustrie auch fördern. Der bleibende Eindruck ist ja schließlich wichtig und für den Nationalcharakter von unheimlich großem Wert. Statusmeldungen, die bereits vorgefertigt sind bzw. irgendwer irgendwann schon geschrieben hat, bekommen auch ihren Reiz. Je nachdem, ob sie für einen passend sind, kann man sie eins zu eins übernehmen. Auch mit Rechtschreibfehlern, die sind völlig unwichtig in Zeiten von Facebook; denn die Hauptsache ist, dass man das, was Einen betrifft und beschäftigt, öffentlich mitteilt. Wen interessiert es da schon, ob die Worte richtig geschrieben sind. Außerdem sehr praktisch; denn wenn einem der Text zusagt, weil man die Worte toll findet, wird er kopiert, um ihn als Status zu melden. Es besteht aber auch die Möglichkeit, einem Freund direkt etwas auf die Pinnwand zu posten, wie zum Beispiel:

Hallo Powerfrau!
Setze diesen Satz auf die Pinnwand der TopTen-Frauen, die du schätzt, besonders jene, die toller sind, als sie wissen! Wenn du ihn fünfmal zurückbekommst, weißt du, dass du einzigartig bist! Ja meine liebe das bist auch du.«

Ich hab diesen Text gleich acht Mal zurückbekommen. Mein Herz war so groß wie ein Krauthäuperl, da ich jetzt weiß, wie einzigartig ich bin. Die Beweise sprechen für sich … und doch ist es für mich etwas verwirrend, denn ich wusste gar nicht, dass mich so viele Menschen einzigartig finden.

Ein komisches Gefühl – dieselben Menschen unter freiem Himmel zu treffen, die dich mit derselben Ignoranz behandeln wie immer schon. Im Facebook allerdings – da herrschen andere Gesetze!
Ist es nicht eigenartig zu wissen, dass alle Freiwilligen, die dieses Spiel mitmachen, einfach so gefüttert werden – nach Herzenslust – nach irgendwelchen unbekannten Maßstäben!

Hast du Tattoos, bist du unangepasst. Hast du Kurven, bist du dick. Wenn ich mich schminke, bin ich unecht. Wenn ich sage, was ich denke, bin ich eine Zicke. Wenn ich sage, was ich weiß, werde ich entweder ignoriert oder als Besserwisserin betitelt. Wenn ich für mich einstehe, bin ich Egoist … Wie's aussieht, kann man nichts machen, ohne abgestempelt zu werden. Poste das, wenn du stolz darauf bist, wer DU bist! ♥

Wenn ich J stolz darauf bin, wer ich bin J, dann soll ich das posten. J Warum?
Das lasse man sich mal auf der Zunge zergehen. Ist der absolute Topfen: Denn wenn ich sage, was ich denke, bin ich doch keine Zicke? Sollte jemand etwas wissen, was ich nicht weiß, dann betrachte ich das eher als ein »ich habe wieder etwas dazugelernt«, anstatt den anderen als Besserwisser zu betiteln. Sollte jemand der Meinung sein, nichts tun zu können, ohne abgestempelt zu werden, so denke ich, sollte derjenige den Freundeskreis dringend wechseln.

Wenn du mit Mamas Essen groß geworden bist, Fahrrad gefahren bist ohne Helm, eine Ohrfeige kassiert hast, wenn du unartig warst, einen Fernseher mit nur zwei Kanälen hattest und jedes Mal aufstehen musstest, um Programme zu wechseln, die Kassettenbänder mit einem Bleistift aufgespult hast, die Geschäfte sonntags zu hatten,

dann poste dies auf deine Wand, um zu beweisen, dass du trotz allem überlebt hast!

Der Wiedererkennungswert in diesen Worten ist für mich wirklich unbeschreiblich. Das alles ist heute unvorstellbar. Die Kassettenbänder, an die kann ich mich noch besonders gut erinnern. Heute haben sie einen Altertumswert und werden ignoriert; niemand will sie mehr haben, und doch sind sie die Erinnerung an eine Zeit, in der wir nicht viel hatten und doch glücklicher und zufriedener waren als die Gleichaltrigen heute. Ich kann mich auch noch an den Schwarzweiß-Fernseher erinnern, der hatte so große Knöpfe, dass man richtig draufknallen musste, um auf das zweite Programm umzuschalten. Mehr als zwei Sender hatten wir nicht. Und gegen Mitternacht kam die Nationalhymne. Das war's mit Fernsehen, dead line – heute würden sich einige wahrscheinlich das Leben nehmen, denn mit zappen waren wir damals schnell fertig.
Vielleicht konnten wir auch deshalb mit unserer Zeit so viel anfangen, weil wir ganz wenig im Vergleich zu heute hatten und doch wussten, was uns Spaß macht. Auch die nächste Meldung ist für mich nachvollziehbar:

Ich habe auf der Straße gespielt & geschrieen, mein Obst & Gemüse direkt aus dem Garten gegessen ohne waschen, ich habe noch eine bekommen, wenn ich böse war, ich musste aus dem Raum, wenn sich Erwachsene unterhalten haben! Ich hatte Freude dabei, mein Spielzeug selber zu basteln! Ich konnte mich über Ostern, Weihnachten, Geburtstage freuen, weil sie was Besonderes waren! Wenn du dankbar bist, so groß geworden zu sein, dann poste es

Ja, ich bin mehr als dankbar. Und um zu beschreiben, wie dankbar ich bin, müsste ich ein zweites Buch darüber verfassen, deshalb fasse ich mich kurz: Um die Menschen anzusprechen, die wie ich groß werden durften – es ihnen

wieder vor Augen zu führen, aber auch um ein Stückchen Kindheit wieder in
Erinnerung zu rufen:
Wir spielten in der Natur und konnten mit uns selbst etwas anfangen.
Wir fuhren mit unseren Fahrrädern ohne Sturzhelm und Knieschützer zu
Freunden, ohne uns vorher anzurufen, ob wir willkommen seien. Bei Mei-
nungsverschiedenheiten konnten wir uns gegenseitig vermöbeln, ohne an
irgendeine Anzeige zu denken. Wir waren draußen im Dreck und schlugen
uns die Zähne aus, brachen uns die Knochen. Niemand war schuld, denn
wir konnten schlechte und gute Erfahrungen sammeln, um zu lernen, was
Verantwortung ist. Wir erkundeten unser Umfeld und tranken alle aus einer
Flasche, und waren wir im Garten, dann tranken wir das Wasser aus dem
Gartenschlauch.
Wir gingen morgens in die Schule, und wir fanden auch ohne Handy heim.
Heute nur mit Navigation möglich!!
Wir bekamen eine Ohrfeige, ohne an psychologische Betreuung zu denken.
Wir bekamen Hausmannskost als Essen, ohne dabei dick zu werden. Wir
hatten an unserer Freizeitgestaltung Spaß und Freude, ohne nur einen
Augenblick darüber nachzudenken, dass uns langweilig werden könnte. Wir
hatten keine PlayStation, MP3, Notebooks etc. Aber dafür hatten wir den
Spielplatz, und wir hatten wahre Freunde! Wie konnten wir da draußen in
der kalten Welt bloß überleben!!

**Ich habe ein Kind in meinem Leib getragen. Schlief mit meinem Baby
auf meiner Brust, und ich verbrachte schlaflose Nächte auf der Couch.
Mein Körper ist nicht perfekt, aber wenn ich in den Spiegel schaue,
sehe ich eine MAMA, und es gibt keine größere Ehre oder Segen!
Kopiere das in deinen Status, wenn du stolz darauf bist, Mama zu sein!**

»das wird immer so bleiben egal was noch auf mich zu kommt« (ein
Zeichen wollte man noch zusätzlich mit diesen Worten setzen)

Das überrascht mich doch ziemlich. Diese Meldung hatten auch zwei mir bekannte Mütter gepostet. Auch hier stand das Jugendamt vor der Tür. Den Kindern wird zu Hause das Überlebenstraining beigebracht, das sie für die Zukunft brauchen, denn das Immunsystem wird gefördert, indem auch die Klobürste im Geschirrspüler das Reinigungsprogramm durchläuft, damit man sie noch lange im Haushalt sein Eigen nennen kann. Die Wohnung schreit nach einer Tetanus-Spritze, und der Vater ist ein wandelndes Argument für Empfängnisverhütung. Man könnte meinen, dass sie Teil eines wissenschaftlichen Experiments sind. Sollte man als Besucher zufällig die Wohnung betreten, ist es laut Gesundheitsamt bestimmt von Vorteil, sich die Schuhe nicht auszuziehen. Außer man möchte an dem Experiment: »die Bakterien und deren Wirkung« *teilnehmen.*

Das Nächste musste auch ich sofort posten, denn die Freude war ungemein groß, als ich das las:

Dieses Jahr hat der Juli fünf Freitage, fünf Samstage und fünf Sonntage. Das passiert alle 823 Jahre und wird als »Sack voll Geld« **genannt. Kopiere das in deinen Status und du bekommst innerhalb von 4 Tagen Geld. Das basiert auf Feng-Shui-Philosophie. Wer das liest und nicht kopiert, bekommt kein Geld**

Ich kann euch sagen, meine Enttäuschung war so groß, als die vier Tage vergangen waren. Ich war total deprimiert, denn nicht nur, dass ich nicht im Lotto gewonnen hatte, nein, ich fand nicht mal einen Euro auf der Straße. Im Gegenteil, es kam sogar schlimmer: Ich bekam eine Radarstrafe, und mein Auto schrie nach der Letzten Ölung. Ich hoffte dennoch … denn ich musste viele Einkäufe zu dem Zeitpunkt tätigen, es hätte ja sein können, dass ich als tausendster Besucher mit vielen schönen bunten Luftballons begrüßt und empfangen werde und mir jeder Wunsch von den Augen abgelesen wird. Man kann ja hoffen. Denn die Hoffnung stirbt bekanntlich zuletzt. Aber es geschah nichts. Es beruhigte mich, als ich hörte, dass viele auf solche Meldungen reinfallen. Nicht nur ich.

Kopiere diesen Scheiß an deine Pinnwand, wenn du jemanden kennst oder wenn du von jemandem gehört hast, der jemanden kennt oder jemand kennst, der jemanden kennen könnte. Wenn du niemanden kennst oder von jemandem gehört hast, der niemanden kennt, kopiere es trotzdem. Es ist extrem wichtig, diese Botschaft zu verbreiten! Und die scheiß Herzen, verdammt nochmal! Vergiss um Gottes Willen nicht die scheiß Herzen! ♥♥♥

Das ist die beste Statusmeldung, die ich jemals gesehen habe. Meine Meinung zu Statusmeldungen wird hiermit untermauert. Einfach und präzise auf den Punkt gebracht. Erinnert mich an Network Marketing. Allerdings ist diese Botschaft ein wenig versteckt und erfordert die hohe Kunst, zwischen den Zeilen zu lesen.

1000 Leute sagen dir hey wenns dir beschissen geht ich bin für dich da … nur kommt es hart auf hart, sind es vielleicht grad mal ein paar. Derjenige der »Gefällt mir« drückt, bei dem kannst du wissen, dass er in jeder Situation für dich da ist. Stell dies in deinen Status, um zu sehen, wer deine wahren Freunde sind ;)
Gefällt mir 2

Das finde ich besonders mutig! Ich schaute auf den Seiten nach, die diese Meldung gepostet hatten, und stellte dabei fest, dass fast nirgends ein »Gefällt mir« zu finden war. Es könnte aber auch sein, dass die wahren Freunde in Urlaub waren. Internet im Ausland ist ja bekanntlich teuer. Zwei »Gefällt mir« ist da schon ein echter Erfolg.

Sehen wir mal, wer Aufmerksamkeit schenkt!! Jeder unter euch ist in meiner Liste ein Freund, in Folge einer bewussten Entscheidung. Ich freue mich sehr darüber, denn wir sind wie eine große FAMILIE. Sehen wir mal, wer nun einmal wirklich aufmerksam ist!!?? Kopier diesen Text auf deine PINNWAND innerhalb eines Tages!! Ich werde sehen, wer wirklich dazu gehört!!!!!!!!!!!!!!!!

Und was soll das bringen? In Folge einer bewussten Entscheidung? Es erweckt den Anschein, als würden die Freunde mit Sorgfalt ausgewählt. Was für ein Scheiß! Nach meiner Erfahrung ist das Einzige, was zählt, die Zahl der Freunde, die man stehen hat.

Wer dazugehört? Eine große Familie? Nichts, nichts passiert. Weder bei denen, die es gepostet haben, noch bei denen, die es nicht gepostet haben. Ein Teil dieser Familie zu sein, erfüllt mich mit Stolz, denn es ist dieselbe Ignoranz, wie in den meisten Familien.

Es wird gesagt, dass auf der anderen Seite der Welt Gold ist. Ich weiß es nicht! Aber ich weiß, dass auf der anderen Seite des Computers eine Person ist, die Gold wert ist! Schreibe dies an die Wand von Menschen, die Ihre Achtung und Liebe verdienen

Das stimmte mich doch ziemlich traurig, ich habe das kein einziges Mal bekommen. L Wie kann das sein, dass niemand der Meinung ist, ich sei Gold wert? Ich erkundete meine Facebook-Freunde und stellte fest, dass ich nicht die Einzige in diesen Reihen war, der es so ging. So wollte ich eine Gruppe mit »Auch wir haben Gefühle« gründen, wo jeder sehen konnte, wie verletzbar wir doch sein können, aber ich habe bevorzugt, es dann doch zu ignorieren.

Ja, es ist möglich, bei Facebook eine Gruppe zu gründen. Es gibt viele
Gruppen zu finden … die schrägsten Beispiele habe ich gefunden, aber
auch Seiten, wo man mit einem »Gefällt mir« signalisiert, dass man dafür
ist. Zum Beispiel: Global 2000 oder Greenpeace.
Aber ich möchte mich einer Gruppe widmen, die mir am Herzen liegt.
Denn ich konnte mich auch davon überzeugen, dass Facebook sein
Gutes hat. Wo geholfen wird; dann und wann etwas Wunderbares
geschieht.

Dazu eine kurze Hintergrundinformation:
Jeder kennt Menschen, die krank sind, der eine mehr, der andere
weniger. Manche neigen zur Übertreibung und wollen alle anderen
davon in Kenntnis setzen, wie krank sie seien. Sie jammern unent-
wegt und glauben, das Schicksal meine es nicht gut mit ihnen. Wenn
man ein paar von diesen lieben Mitmenschen kennt, dann hat man so
ziemlich bald die Schnauze voll. Man hört zwar eine Zeitlang gerne zu,
aber irgendwann sollte man auch wieder auf das Leben zu sprechen
kommen. Denn bloß weil sie beschlossen haben, ihr Leben als Hypo-
chonder zu führen, müssen sie es nicht unbedingt jeden Tag, Stunde
für Stunde, mit uns teilen. Sie erwarten von uns Verständnis und Anteilnahme, doch selbst geben sie nur sehr wenig – dafür umso mehr Ignoranz gegenüber dem gesunden Individuum.
Wenn man selbst über etwas reden möchte, verstehen sie es geschickt,
das Thema umzulenken, um wieder auf sich zu sprechen zu kommen.
Sie sind in einem Kreislauf gefangen, wo die Krankheit ihr Lebenselixier
und das Leben selbst der Tribut ist.
Nun, ich wollte nach diesen Erfahrungen alles meiden, was ab dem
Status Grippe damit zu tun hat. Es interessierte mich nicht die Bohne,
wer wo und woran erkrankt sei. Ich hatte meine eigenen Probleme, und
mit Krankheiten wollte ich nichts zu tun haben. War jemand krank, so

nahm ich es zwar zur Kenntnis, die Person tat mir ja auch leid, aber was sollte ich schon Großartiges dagegen machen? Ich wurde ignorant, auch gegenüber den Personen, die mir nahestanden. Irgendwie konnte ich nichts damit anfangen.

Aber das Leben lehrte mich eines Besseren. Mit Karo: Sie wurde krank, und sie ist meine Freundin. Sie ist nicht irgendeine Freundin. Sie ist DIE Freundin. Wenn man mit einem Menschen so viel durchgemacht hat, dann ist Ignoranz auf Dauer nicht möglich.

Ich wurde mit zwei Buchstaben konfrontiert. MS. Multiple Sklerose. Ich dachte am Anfang an die Initialen von Michael Schuhmacher. Ich konnte mit diesen zwei Buchstaben gar nichts anfangen. Dann schoss es mir durch den Kopf, als ich noch klein war, machte mir meine Mutti immer eine Buchstabensuppe. Das M war mir besonders in Erinnerung geblieben, da es mir so groß erschien.

Aber MS ist eine Krankheit, und ob ich will oder nicht, Karo hat MS. Es ist ein Teil ihres Lebens und somit auch meines Lebens, ob ich will oder nicht. Da ich vorher schon sehr viele Erfahrungen mit Hypochondern sammeln durfte, ging mir auch ganz schön die Muffe. Aber das Leben und auch Karo belehrten mich eines Besseren, und ich durfte wieder mal etwas dazulernen.

Unter anderem entdeckte sie eine Gruppe in Facebook:

»Wir sind was Besonderes und MS ist nur eine Aufgabe!!«

Ich wurde miteingeladen, und ich möchte hier und jetzt eines festhalten: Ich ziehe meinen Hut, und ihr habt meinen tiefsten Respekt! Hier könnten sich einige ein Beispiel nehmen. Vor allem aber die gesunden Mitbürger und Mitbürgerinnen! Ich glaube, dass ich diese Krankheit nicht groß beschreiben muss, da sie bestimmt allgemein bekannt ist. (Obwohl, wenn ich mir die bisher in diesem Buch gesammelten Eindrücke so ansehe, bin ich doch nicht mehr so sicher. :-) Egal.)

In dieser Gruppe wird nicht gejammert, man holt sich gegenseitig aus dem Tief, und selbst Angehörige sind jederzeit willkommen; sich entweder mit der Krankheit auseinanderzusetzen und zu konfrontieren oder etwas Produktives beizutragen. Humor hat oberste Priorität.

MS: die Krankheit der 1000 Gesichter
Schübe, die sich in vielen Formen zeigen, wie zum Beispiel in Taubheit, Kribbeln, Nervenzuckungen in sämtlichen Körperregionen, Augenproblemen und eben vielem mehr, werden wenn möglich mit Humor genommen. Die MS-Kollegen, die spritzen müssen, können den anderen im Vorstadium schon die Erfahrungswerte als »Junkie« vorleben und wertvolle Tipps weitergeben. Hitzewallungen sind äußerst negativ und besonders schlimm im Sommer. Kühlende Duschen und Kühlakkus sind da schwer angesagt. Die High Society unter den MSlern trägt eine Kühlweste, die so manches leichter macht. Und dann ist da noch diese verdammte Müdigkeit, die man Fatigue nennt und die einen einfach wegschlafen lässt, so fertig ist man, das läuft ab wie bei kleinen Hunden und Katzen, wenn sie müde werden, sieht aber leider nicht so niedlich aus. Die Krankheit ist unheilbar, aber es gibt schon gute medizinische Möglichkeiten, um die Anzahl der Schübe zu vermindern und den Krankheitsverlauf hinauszuzögern. Ganz wichtig dabei ist das gesunde Seelenleben. Wenn man sich gut fühlt und viel lachen kann, wenn man Freude am Leben und an sich hat, wird alles leichter, und eine mentale Stärke macht sich breit, die den »Feind MS« oft in die Knie zwingen kann …
Abschließend ein herzliches Dankeschön an die Gründerin Coco; denn diese Gruppe gibt so viel Gutes an die Menschen zurück. Obwohl wir uns alle nicht persönlich kennen, ist doch Wärme da. Man spürt die Herzlichkeit, und der zwischenmenschliche Austausch, der so wichtig ist, wird mit so viel Humor vermittelt, dass man auch, wenn man nicht gut drauf ist, einfach mitgezogen wird. Ihr habt einen Teil dazu

beigetragen, dass Menschen, die den Halt verlieren, in dieser Gruppe Halt finden. Und dafür danke. Für Karo und für mich, weil ich in eine Welt hineinsehen darf, die bis jetzt verschlossen war für mich. Und auch dafür danke.

Vielleicht ist Facebook die Flucht vor dem Wirklichen in die Leichtigkeit der virtuellen Welt. Es wird einem ja gesagt, was zu tun ist; man kann alles einfach lassen, man muss nicht wirklich über sein Leben nachdenken – komisch. Das erinnert mich auch an jeden Arbeitgeber. Der sagt auch, was zu tun ist, aber man hört es, oder man hört es eben nicht. Hier gehen die Meinungen definitiv auseinander, aber im Spiel lässt man sich gern manipulieren, und wenn man nicht spielt, dann könnte man ja das Horoskop befragen, wie man sich heute fühlen sollte. Das ist praktisch und erspart das Denken. In den Zeiten von Facebook ist alles möglich. Die Glücksnuss sagt:»Du bist heute etwas angespannt und zittrig, und es ist kein guter Tag«, und schon läuft man hochgradig depressiv durch die Gegend und wartet auf morgen, um weitere Informationen und Instruktionen für den Tag zu erhaschen, wie der Tag so verläuft – den man ja ohne diese wertvolle Hilfe nicht bewerkstelligen könnte. Welch eine große Unterstützung!

Das ist sehr vertrauenswürdig, und in jeder Lebenssituation kann man in solchen Phrasen weiteren Rat finden. Die Freunde können darunter auch ihren Kommentar abgeben. Das sähe dann ungefähr so aus:

Wahrsagernuss
In diesem Jahr wird sich einiges tun und auch für dich verändern.

Na toll! Aber wie ist das gemeint? Positiv oder negativ? Diese Information ist zu wenig ausführlich, da muss ich noch mal nachhaken. Auf welche (Lebens)situation ist das bezogen?

***** ***** ***** ***** *****

Öffne Deinen Glückskeks
Bitte flüsternd um das, was du brauchst. Es funktioniert.

Flüsternd? Klar! Wie dumm von mir! Es sollte ja niemand mitbekommen, was ich brauche. Schließlich könnte man ja ganz dumm dastehen, sollte man sich jemanden mitteilen wollen. Also ganz leise. Das kann ich! Ich bin der Glückskeks-Flüsterer schlechthin.

***** ***** ***** ***** *****

Was wird passieren??
Du wirst Dich wundern was heute passiert

Diese Antwort ist besonders beunruhigend. Denn es ist jetzt 22.00 Uhr – was soll da schon noch Großartiges passieren?! Ein Einbrecher vielleicht, der mit meiner Kochbuchsammlung besondere Freude hätte? Gerade in diesem Augenblick beruhigte es mich zu wissen, arm wie eine Kirchenmaus zu sein.

***** ***** ***** ***** *****

Dein Leben – dein Spruch
Stark sein bedeutet nicht, nie zu fallen. Stark sein bedeutet, immer wieder aufzustehen.

Danke, vielen Dank für diese aufbauenden Worte.

***** ***** ***** ***** *****

Schöne, traurige Sprüche
Ich hasse meine Tränen, denn sie verraten meine Gefühle.

M: »*Bei dir wiss ma die eh so a, bei dir muas i nua ins Gsicht schaun, kenn i mi aus Schnucki …*«

Wie man sieht, kann es sehr gefährlich sein, solche Sätze zu posten, denn es bleibt nichts verborgen, und die Freunde decken die nackte Wahrheit auf.

***** ***** ***** ***** *****

Du heiratest mit … Jahren
mit 56

Meine Nachbarin: »*ist net deren ernst!!! schaut sie euch mal an, optisch eine Sensation, menschlich eine wucht, so eine herzliche Frau ist single, ich versteh die Welt nicht mehr, und die soll noch so lange alleinsein?*«
Ich: » *Ich danke dir für deinen Beitrag in: wer will mich.*«

Das finde ich besonders gemein. Ist meine Nachbarin nicht ein richtiger Wonneproppen? Ich hatte binnen fünf Minuten so viele Angebote, dass ich mich kaum retten konnte. Da ich in meinem Beziehungsstatus keine Meldung hatte, wusste das natürlich so gut wie keiner. Und auf einmal stand ich wie nackt im Facebook :-(. Aufgeflogen, gezeichnet, für immer gebrandmarkt. Ich traute meinen Augen nicht, als ich das las. Dass hier jemand für mich um Hilfe schrie, ist eindeutig, und diese Frau ist schuld. Im ersten Moment dachte ich, dass ich sie erschießen würde, aber die Warteschlange für die Schießeisen war zu lange, jetzt weiß ich wieso.

***** ***** ***** ***** *****

Öffne Deinen Glückskeks
Mach es dir zum Ziel, gut zu sein.

G, meine Nachbarin: *»No, wos sog i.«*
Ich: *»Danke G, lieben dank.«*

Wenn man den eben erwähnten Vorfall auch noch in Betracht zieht, dann finde ich diesen Absatz sehr passend. Oft sind die Zufälle schon sehr eigenartig, wenn sie sich so trefflich nacheinander ereignen. Mein Glück scheint alle Grenzen zu sprengen und die Nachbarschaft auch.

***** ***** ***** ***** *****

Zum Nachdenken :)
Ein wahrer Freund ist einer der kommt, **wenn der Rest der Welt geht.**

Welch Glück! Nach den oben erwähnten zwei Befragungen finde ich das sehr beruhigend. Wenn ich so weiter poste, könnte das sehr schnell der Fall sein.

***** ***** ***** ***** *****

Blick in die Zukunft?
Wünsch' dir was! Dein Wunsch wird bald in Erfüllung gehen.

Ich wünschte mir, dass ich das mit der Heirat nie gepostet hätte. Durchs Leben als Serviertablett zu gehen, bekommt mir gar nicht.

***** ***** ***** ***** *****

wo wirst du deine große liebe finden?
im Zug

Wie unpraktisch, ich fahre immer mit dem Auto.

***** ***** ***** ***** *****

Dein zukünftiges Zuhause
dieser Villa

Oh, wie schön. Hier, muss ich gestehen, habe ich zum ersten Mal geschummelt. Die vorhergehende Hütte ist zwar auch nicht von schlechten Eltern, aber das ist mit Abstand das schönste Häuschen. Man kann den Glückskeks so oft befragen, bis einem die Antwort gefällt. Ist das nicht irre? Dann wird gepostet, damit jeder es offiziell sehen kann.
Ups, jetzt habe ich ein Geheimnis verraten. Jeder weiß Bescheid, und doch hält jeder die Klappe. Denn ansonsten müsste man Farbe bekennen. Ich hab das natürlich am Anfang wieder mal nicht gecheckt,

obwohl schummeln meine Spezialität ist. Aber, es stellt sich mir die Frage:

Um was geht's da eigentlich? Ist der Menschheit wirklich so langweilig, um für so eine Blödheit Zeit zu verschwenden? Um sich irgendwo sinnlos reinzuklicken und dann eine Frage so oft zu wiederholen, bis die Antwort passt, um diese dann zu veröffentlichen? Dieses Programm überhaupt anzuwenden ist für mich Körperverletzung. Eine Beleidigung der Intelligenz. Was läuft hier? Was soll die Scheiße? Wer macht so was?

Wie bescheuert sind die Leute, die einen auf Psychologen machen und so was reinstellen, zum Teil mit so einem Schwachsinn, dass einer Sau graust? Wenn ihr schon einen auf gruselig machen wollt, dann macht es wenigstens mit so viel Anstand, dass man sich auch fürchten kann! Vor allem: schreibt zumindest ganze Sätze. Ich wende mich an die Personen, die solchen Schwachsinn immer wieder posten.

Mag sein, dass diese Zeilen ein wenig niveaulos wirken, aber ich wollte sichergehen, von jedem verstanden zu werden … deshalb musste ich mich anpassen.

***** ***** ***** ***** *****

wie seltsam werden deine Freunde sterben?
Ingrid wird beim Essen ersticken

Das ist so richtig schräg! Zuerst verlangt man von mir einen Namen. Tut mir leid, liebe Ingrid, ich habe dich erwählt, und nein, du wirst nicht beim Essen ersticken.

Und an den Autor des furchterregenden Textes hab' ich nur eines zu sagen: »Kann es sein, dass einige deiner Gehirnwindungen ins Nichts verlaufen?«

***** ***** ***** ***** *****

Wie wirst du sterben!?
Du wirst von einem Kind ermordet.

Ja, wahrscheinlich von Chucky, der Mörderpuppe. Der Schreiber dieser Worte ist bestimmt psychopathisch angeschlagen. Der wird sich jetzt sicher fragen, was bedeutet »*psychopathisch*«?

***** ***** ***** ***** *****

Wer möchte dich in diesem Moment küssen ?
Adrian
Ha! Das Beste daran – ich kenne keinen Adrian, und falls doch, bitte bleib, wo du bist. Denn dort bist du mir sehr sympathisch.

***** ***** ***** ***** *****

CharakterFarbe
Du bist die Farbe GELB! Du bist eine sehr sympathische und lustige Person! Du bist ständig am Lachen und ein kleiner Sonnenschein ;) Mit deiner Verrücktheit, deiner Sspontanität und deiner Sy

Hallo, wo ist der restliche Text? Warum geht der Satz nicht zu Ende? Könnte es sein, dass der Schreiber dieser Worte umgefallen ist? Das würde auch die Rechtschreibfehler erklären. Oder hat ihn jemand um die Ecke gebracht? Könnte hier wohl jemand nachsehen, was da passiert ist? Vielleicht wurde er von einem Kind ermordet?

***** ***** ***** ***** *****

Was geschieht in der nächsten Zeit
Eine Liebe wird sich zeigen

Gefällt mir 1
Einer Person gefällt das. Noch dazu einer, auf den ich voll abgefahren bin. In dem Moment klopft das Herz wie wild, und man glaubt irgendwelche versteckten Botschaften zu finden, die einem der andere mitteilen möchte. Wie manipulierbar wir doch sind, und doch sind es ein paar schöne Sekunden, in denen man sich selbst anlügt, der Fantasie freien Lauf lässt.

***** ***** ***** ***** *****

Was wird bei dir in der Liebe passieren?
Bald verliebt sich jemand in dich!!

Und nach der letzten kann man sich nun mit dieser Antwort weiter anlügen und noch ein paar Glückssekunden dazugewinnen.

***** ***** ***** ***** *****

WaS denkt ER über dich…
… er will immer bei dir sein!

Hier konnte ich mich vor lauter Glücksgefühlen kaum mehr halten. Just
in diesem Moment ging es mir durch und durch. Nichts ist in diesem
Moment wichtiger, als die soeben gelesenen letzten drei Absätze, mit
diesen wohlklingenden Worten.

***** ***** ***** ***** *****

WAS WIRD DICH IM NÄCHSTEN MONAT ERWARTEN?
DU KANNST ENDLICH SO SEIN, WIE DU WIRKLICH BIST

Ich: »*ob man mich dann aushält … *gg**«
A: »*aha.. vielleicht wohnst dann woanders??*«
Ich: »*man kann nie wissen*«
M: »*Du bist eh immer, so wie Du bist! Man kann echt auch zu viel fragen! Tz
tz*«

Ich kann nichts dafür, aber mein kleines Herz raste in diesem Moment,
denn wenn man von seinem Schwarm so eine Antwort erhält, malt man
sich in der Welt, in der man sich gerade aufhält, alles Erdenkliche aus.
Man befindet sich in einer unbekannten Zukunft, sieht ihr mit einem
Gefühl der Hoffnung entgegen und glaubt, Geschichte zu schreiben,
während man sich in den Phrases fortbewegt. Man hält sich an einem
Strohhalm fest, während der andere dieses Spiel der Gefühle mit Leichtigkeit weiter in die Irre führt.

***** ***** ***** ***** *****

Was solltest du heute noch tun ?

...

Spätestens jetzt war ich durcheinander. Was will man mir damit sagen?
Bin ich tot? Sind das meine Herztöne?

***** ***** ***** ***** *****

Wann wirst du (wieder) SEX haben?
In 5 Wochen.

O je.

***** ***** ***** ***** *****

Schau in die Sterne
Blicke heute abends in die Sterne und denke an die Sache die dir
zurzeit am meisten am Herzen liegt, du wirst überrascht sein.

Und was dann? Ich blickte in die Sterne, und ich dachte an die Sache.
Und weiter?

***** ***** ***** ***** *****

Was passiert dir in dieser Woche???
Du wirst traurig werden!! : ‹(

Ha! Na toll … Langsam, aber sicher komme ich wieder in die Realität der
Tatsachen zurück. Was soll's. Die schönen Minuten, die ich einen Augenblick lang hatte, gehen dem Ende zu.

***** ***** ***** ***** *****

Du würdest jetzt am liebsten ♥
alles um dich herum zerstören

Wenn es so weitergeht, dann stimmt das definitiv! So ganz im Vertrauen: Ist ja nicht so, als ob ich das so ernst nehmen würde, aber es
kann einen schon ein wenig ins Wanken bringen, auch wenn es nur für
einen kurzen Augenblick ist. Ich kenne Menschen, die sehen da jeden
Tag rein und machen ihr Leben davon abhängig. Denn dadurch, dass
man die Frage so oft wiederholen kann, bis die passende Antwort parat
ist, kann man versteckte Botschaften öffentlich posten, in der Hoffnung,
der andere erkennt die Zeichen und reagiert, oder auch nicht.
In diesem Fall ist die holde Weiblichkeit eindeutig im Nachteil, denn das
Weibchen ist zum Schluss jene welche, die sehr stark darunter leidet,
wenn das Männchen, dem ihre Zeilen ja ursprünglich gewidmet sind,
sie eher als nichtig empfindet und sich seinen Spaß daraus macht. Das
Männchen gibt seinen Senf unüberlegt dazu, weil ihm gerade danach
ist, und hat meistens keine Ahnung, dass das Weibchen den Text
sorgsam und mit Bedacht, nach langer Warterei, mit hintergründiger
Information und klarer Absicht gepostet hat. Sie quält sich, wenn nichts

passiert, und freut sich, wenn wenigstens der engste Kreis sich anhand von Kommentaren beteiligt.
Ein schwacher Trost für so viel vergebliche Hoffnung.
Dies sind Geschichten aus dem Alltag.

***** ***** ***** ***** *****

Das passiert dir bald!!!
du verliebst dich

Ich kenne ein Weibchen, das war schon verliebt, ohne es zugeben zu wollen. Hä?, werden Sie jetzt denken. Ja, so ging es mir auch. Ich war vor Ort, als sie das gepostet hatte; ich muss dazu erwähnen, dass es Zufall war, denn es war tatsächlich die erste Antwort, als sie diese Anwendung anklickte. Welch glücklicher Zufall. Ohne zu schummeln, gab sie sich total verlegen, war sogar überrascht, als sie das las. Dann machte sie sogar noch ganz unauffällig eine versteckte Anmerkung, dass, wenn sie das jetzt poste, sich bestimmt ein gewisses Männchen angesprochen fühle. Ich weiß noch, dass ich sagte, wenn sie noch frei ist mit der Nummer, könne sie damit auf Tournee gehen. Es fasziniert mich, wie sich die Menschen bewusst manipulieren lassen; und ich muss zugeben, dass es mir rätselhaft ist, mit welcher Leichtigkeit es geschehen kann.

***** ***** ***** ***** *****

sprüche die unter die haut gehn ♥
menschen erkennen selten das eigene Glück, doch das der anderen
entgeht ihnen niemals

Schöne Worte – wirklich, sehr ausdrucksstark. Vor allem, wenn es genau
von den Personen gepostet wird, die des Anderen Glück genau kennen.
Sie erzählen einem das Leben von einem Menschen, ob man ihn kennt
oder nicht, ob es einen interessiert oder nicht, bis ins Detail … der Infor-
mationsfluss kann nicht gebremst werden. Als ich mir das so anhörte,
hätte ich schwören können, sie hätten selber kein Privatleben. Jedes
Mal, wenn ich von solchen Menschen gelobt werde, fahre ich unwillkür-
lich herum, und mit ein bisschen Glück erwische ich sie in dem Moment,
wo sie einem den Dolch in den Rücken stoßen wollen.

***** ***** ***** ***** *****

einfach mal drauf klicken und schaun was passiert
Lass dich überraschen

Der, der diese Zeilen geschrieben hat, ist bestimmt ein kluger Mensch
mit hoher schulischer Ausbildung. Es ist sehr aussagekräftig und außerdem sehr gescheit, denn die Person geht kein Risiko ein. Egal, was
kommt – mit diesen Worten ist der Autor dieser Worte immer auf der
richtigen Seite. Denn die Zukunft ist noch nicht geschrieben und somit
in jeder Lebenssituation, die kommt, eine wahre Überraschung.

***** ***** ***** ***** *****

Glücksnuss
Wahre die Ruhe, schaue voraus und gehe deinen Weg.

Das ist bestimmt derselbe Autor. Der hat die Intelligenz mit dem Löffel gegessen. Das merkt man sofort. Vielleicht entspricht es seinen Erfahrungswerten, nervös durchs Leben zu schreiten. Risiko ist wohl nicht so ganz seine Stärke. Und wären diese Sätze bei mir erschienen, dann verstünde ich es noch weniger, denn ich bin die Ruhe in Person :-).

***** ***** ***** ***** *****

Der Blick in die Zukunft
Kümmere dich noch diese Woche um die Menschen, die du gern hast.

Eine meiner Freundinnen befand sich jetzt in einer dummen Situation. Es war Samstagabend. Wie soll das gehen? Telepathisch? Sehr günstig fand ich, dass sich einige Personen gerade bei ihr zu Hause aufhielten. Der Rest blieb verschlüsselt, denn wir gingen einen heben. Es war ein richtig geiler Abend, und ich kann mir nicht vorstellen, dass sie am Tag danach an all ihre Lieben dachte. Falls doch, dann ziehe ich meinen Hut, denn so wie auch mir war ihr nur flau im Magen, und somit ließen wir den Sonntag gemütlich ausklingen.

***** ***** ***** ***** *****

Ziehe deine ENGELSKARTE

Serafina: *Ich bin der Engel der Familien. In deiner Familie wird sich eine erfreuliche Veränderung ereignen oder Zuwachs einstellen.*

Das stimmte ausnahmsweise, denn der Hund einer Bekannten bekam Junge.

✶✶✶✶✶ ✶✶✶✶✶ ✶✶✶✶✶ ✶✶✶✶✶ ✶✶✶✶✶

Glückskeks
Die Antwort auf DIE Frage, die du dir stellst: Ja

Ich: *»Und wie ist die Frage?«*
Manuela: *» Wann ich mir das noch länger les, halt ichs nimma aus!«*

Liebe Manuela, mir geht's genauso. Aber ich musste es tun, damit ich weiß, warum Menschen tun, was sie tun. Ich musste mich hineinleben, um zu verstehen, was ich nie verstehen werde, und um zu begreifen, was ich nie begreifen werde.

✶✶✶✶✶ ✶✶✶✶✶ ✶✶✶✶✶ ✶✶✶✶✶ ✶✶✶✶✶

Welches Herz hast du? – Das eigene Herz
Ergebnis: Das eigene Herz

Du bist ein einzelkämpfer. Du hast Freunde, die du liebst, aber du weißt auch genau, wie du ohne sie zurechtkommen könntest. Im

Gegensatz zu anderen bist du lieber zu Hause, wo du deine Ruhe hast, anstatt Party zu machen. Pass auf, dass andere dich nicht für gleichgültig halten.

Sonderbar: das eigene Herz zu haben. Was für eine tolle Ansage! Dieser Wiffzack sollte einen Ehrendoktor in Philosophie bekommen. Eine sprachliche und gedankliche Glanzleistung, wirklich sehr gut getroffen. Platon hätte es nicht besser machen können. Sehr beeindruckend!

***** ***** ***** ***** *****

Wie verrückt bist du
Du bist zu 100% verrückt wie ein Rabbid

M: *»Verrücktsein hebt dich von den anderen Normalis ab. Gott sei Dank sind wir verrückt!«*
Spätestens da habe ich beschlossen, den letzten Beitrag von mir zu bringen. Muss es denn gleich immer so direkt sein?

***** ***** ***** ***** *****

Welche Charaktereigenschaft zeichnet dich aus ?
Ehrlich
Du bist bei deinen Freunden bekannt für deine Ehrlichkeit. Bei dir weiß man, du sagst es so, wie es für dich ist. Dafür bist du auch beliebt. Aber denke daran, dass auch Ehrlichkeit andere verletzten kann.

Also, wenn mich jemand fragt, ich kenne niemanden, der das nicht öffentlich bringen würde. Ist doch schön, wenn einem dieser Text ins Auge hüpft. Auch wenn man noch so verlogen und falsch ist, dem Anderen wird zwar dann ganz schlecht, obwohl, was soll's, die meisten in der Friendslist kennen einen ja doch nicht, und sich mit dieser Eigenschaft darstellen zu können zeichnet einen doch besonders aus.

***** ***** ***** ***** *****

Schöne & wahre Sprüche {3
Alle reden von Ehrlichkeit, aber jeder verarscht jeden.

Das sind einmal wahre Worte aus dem Alltag. Bedarf es hier einer Handlung? Mit Sicherheit. Der Grundstein könnte gelegt werden, indem jeder bei sich selber anfängt! Wollen wir das tun? Mit Sicherheit nicht! Es ist viel einfacher so und bequemer. Wäre doch langweilig und trübsinnig obendrein. Ein bisschen Action muss schon her!
Lustig ist es dann, wenn man seine Artgenossen trifft, die auch den Weg gehen; mit denen man glaubt, sich verbinden zu können, mit dem freudigen Wort »wir«. Wie wohltuend es doch sein muss zu wissen, auf der Welt nicht allein zu sein.
Ich wage natürlich nicht zu verallgemeinern.

***** ***** ***** ***** *****

Dein Leben – dein Spruch
Du entdecksd eine neue Welt, wenn du den Mut hast die alte zu verlassen

Der hat bestimmt Blut geleckt. Ihm hat sich eine neue Dimension aufgetan. Er ist jetzt ein Erfahrener, der »entdeckd«.

***** ***** ***** ***** *****

Willst du etwas wissen, so frage den Erfahrenen und nicht den Gelehrten ...

Auch das war als Spruch im Glückskeks zu lesen!
Ich bin mir nicht sicher, wenn ich mir das so bis jetzt ansehe, ob ich dazu etwas schreiben möchte. Denn die Erfahrungswerte in diesen Reihen dürften etwas merkwürdig sein. Machen wir es kurz: kein Kommentar.

***** ***** ***** ***** *****

Der Glückskeks ...
Deine Position im Herzen des anderen ist viel stärker als Du glaubst.

Da fehlt mir alles, sogar die Worte.

***** ***** ***** ***** *****

Mein Horoskop
Es wird Zeit! für was? Das weißt du doch am besten.

Es könnte sein, dass der Verfasser dieser Worte das Kind einer Ehe zwischen zwei Cousins ersten Grades ist. Das würde alles erklären.

***** ***** ***** ***** *****

Du brauchst heute
Ruhe

Heureka!

***** ***** ***** ***** *****

Der Spruch fürs Leben
Warte nicht auf das große Wunder, sonst verpasst du die vielen kleinen

Ich bin wie gelähmt. So wie ich das sehe, hat das hier nichts mehr mit groß und klein zu tun. Vielleicht gäbe es Hoffnung mit Jesus. Ich glaube, er wäre der Einzige, der hier noch helfen könnte.

***** ***** ***** ***** *****

Was du heute tun solltest …
einfach Zuhause bleiben

War klar. Facebook wartet!

Zum Auflockern folgen ein paar interessante Facebook-Auszüge, die, wie ich finde, mit der Nation geteilt werden sollten.

»PISA«, schreibt die Wikipedia, »soll nicht nur eine Beschreibung des Ist-Zustandes liefern, sondern Verbesserungen auslösen. Insoweit PISA ein eigenes Bildungskonzept zugrunde liegt, wird zumindest implizit der Anspruch erhoben, auf die nationalen Lehrpläne zurückzuwirken.«
Hier hat man sie jedoch vergessen …

A – STATUS: Gute nacht alle fb welt besonders mein freund G i love you schlaf gut mein schatz
Gefällt mir 1 (G)
G: *» Ich werde gut schlafen«*   (das ist der Freund)
A: *»Jetzt aufeinmal«*   (Dieser Unterton! Wie man sieht, meistert es der Freund in der nächsten Zeile mit Bravour)
G: *»Weil ich an dich denke da muss ich gut schlafen«*   (Die Message wurde verstanden, Fehler, wie in der ersten Zeile, werden nie wieder begangen)
A: *»Ja eh schatz«*   (Man erkennt deutlich, es wurde ihm verziehen – kein Unterton)
G: *»Ich schlafe jetzt gute Nacht«*   (Auch er hat jetzt die Möglichkeit friedlich zu schlafen)
G: *»Hab dich lieb«*   (Aber eine Absicherung kann nie schaden)
A: *»Ja ich dich auch hofe wir bleiben ewig zusammen«*   (Die Verbundenheit des Weibchens ist deutlich erkennbar)
A: *»Ja ich dich auch hofe wir bleiben ewig zusammen«*   (Das sollte noch einmal erwähnt werden, denn doppelt hält besser)
G: *»Ich glaube wir sind bist zum Tod zusammen«*   (was für ein Trottel)
A: *»Ja hofe ich«*   (Das Weibchen wiegt sich in Sicherheit, will es aber genauer wissen)
G: *»Ich auch«*   (wie reizend, das amüsiert mich)
A: *»Ja gute nacht«*   (Auch das Männchen darf jetzt schlafen)

G: »*Gute nacht*« (Die letzten Abschlussworte, bevor ihn der Schlaf überkommt)

A: »*Gute nacht*« (das Weibchen gibt das Kommando für Bettruhe)

A: »*Gute nacht*« (nochmalige Bestätigung, sie will nicht mehr gestört werden)

Anhand dieses Beispieles erkennt man, wie einfach es ist, ein Männchen für sich zu gewinnen. Es ist eine Formel, die jedes Weibchen zum Erfolg führt. Deutlich und präzise umgarnt sie das Männchen, um anschließend wie eine Spinne zuzubeißen. Genial, wie das moderne Weibchen von heute die Kunst der Eroberung beherrscht. Erfolg kann ja so einfach sein, man muss nur wollen.

Ein paar Tage später:

A – STATUS: Mei EX-FREIND liergt mie au

G gefällt das

G: »*Tschuldigung*« (Das Männchen bittet um Gnade)

A: »*Na do wor mei anderer freind besser*« (Gnade wird nicht gewährt)

G: »*Jo tschuidigung He i hed mi steif boa mocha kinna*« (!? unverständlicher strategischer Fehler)

P: »*Des is mei tochter glei direkt ggg*« (Der Papa macht sich bemerkbar, mehr aber auch schon nicht)

A: »*Ja goi papa*« (sie ist bestimmt so gefährlich wie Bambis Freund Klopfer)

P: »*Jo bist jo mei fleisch und blut*« (das klingt nach guter, alter Tradition)

A: »*he bei igit blut*« (Die Sprache dieser Familie konnte noch nicht ganz identifiziert werden)

P: »*Na na dua net so bist sunat ah net so*« (Papa lechzt nach Zusammenhalt)

A: »*sicher wenn über blut geht daun scho gg*«   (Dracula ist wieder im Kommen)

Hier spüren wir hautnah und deutlich eine negative Stimmung. Ich befand mich vor Ort, um das weitere Geschehen zu beobachten. Neugierig legte ich mich auf die Lauer, um alles Weitere zu manifestieren. Die Geschichte, die sich mir voller Spannung bot, ließ mich nicht los, denn es interessierte mich, wie es sich weiterentwickelte. Es stockte mir der Atem, als ich folgende Zeilen las:

A – STATUS: Icchh biinn sollloo

B: »*ist kein wunder! :‹D*«   (Ein Profiler im Bunde)

A: »*Nein mein EX-FREUND ist dumm*«   (Das Problem wird erläutert)

G: »*Darum geh i ins gymnasium*«   (Er lässt erkennen, dass er diesbezüglich Schritte eingeleitet hatte)

B: »*wieso eddest du mich ?*«   (Berechtigte Frage)

A: »*Was sina*«   (Wirklich eine schlagfertige Antwort)

B: »*wieso hat der mir eine Freundschaftseinladung in fb geschickt?*«   (elegant umschrieben)

A: »*Weis nicht vieleicht steht er auf dich*«   (Analyse eines Anfängers)

P: »*Jo mausal was ist den los hdl*«   (Papa bekommt aber auch gar nichts mit)

A: »*Nix schatzal*« *(F gefällt das)*   (Tochter will sich nicht outen)

A: »*Nix schatzal*« *(F gefällt das)* (mit Nachdruck)

In diesem Moment konnte ich nicht verstehen, wer sich heute noch *Gute Zeiten, schlechte Zeiten* oder *Alles was zählt* ansieht. Die Spannung in diesem Szenario ist höher, als Bruce Willis es jemals schaffen könnte. Und zugleich ist es eine Komödie, die Eddie Murphy neidisch machen würde. Es ist öffentlich zugänglich und nicht gesperrt. Jeder kann dabei sein, um in die tiefe, mystische Welt von Facebook einzutauchen. Und die Geschichte geht weiter und nimmt ein tragisches Ende. Lesen Sie selbst:

A – STATUS: Fb is fad keina schreibt ma sunst lösch ich meine seite ????

B: »^^ *schreibst ma jo a ned zruck oda hebst o ...*« (ein Wink, der verstanden werden sollte)

A: »........« (wie man sieht, mit Erfolg)

B: »*na sichst*« (ein harter Verhandlungspartner)

C: »*jo daun lösch die heut wenn kanna mit dier schareibt is mir wuascht*« (Also, das würde ich mir gar nicht gefallen lassen, das geht zu weit, diese Person wäre bestimmt nicht mehr meine Freundin.)

A: ».............. *I lösch nett aus fertig ??*« (Punkt. So jetzt hat sie es denen aber gegeben!!)

Wie man unschwer erkennen kann, war das ein harter Brocken. So geht es nun auch wieder nicht. Alles, was recht ist. Jetzt ist Schluss mit lustig! Es bedarf einer dringenden Handlung. So! Denn hier kann man deutlich erkennen, wie man Grenzen setzen kann. Niemand sollte sich so dermaßen verarschen lassen. Der Grundstein für die Zukunft wurde gelegt und Respekt wiederhergestellt. Das habt ihr nun davon. Ätsch!!

***** ***** ***** ***** *****

»Die Veröffentlichung der ersten PISA-Ergebnisse Ende 2001«, so Wikipedia weiter, »wurde durch Vorabberichte mehrere Wochen lang vorbereitet und erzielte ein so überwältigendes Medien-Echo, dass bald von einem ›PISA-Schock‹ gesprochen wurde, was an den Sputnik-Schock und die Debatte der 1960er Jahre um die von Georg Picht beschworene ›Bildungskatastrophe‹ erinnerte.«

(Welches Wort Herr Picht allerdings angesichts der oben erwähnten Absätze parat hätte, wage ich nicht zu denken.)

»Mit diesem Schlagwort wurde in den 1960er Jahren der Zustand des Bildungswesens beschrieben. Die Folge waren zahlreiche Reformbemühungen, aus denen in den 1970er Jahren der Strukturplan für das deutsche Bildungs- und Erziehungswesen und die Bund-Länder-Kommission für Bildungsplanung und Forschungsfragen entstanden. Aus dieser Debatte ging die Einführung von Gesamtschulen in Schulversuchen hervor.«

(In diesem Fall kann man von Glück sprechen, denn es ist auch wirklich schon sehr lange her.)

»Auch wenn heute oft Vergleiche mit der Bewertung der PISA-Studien gezogen werden, so sind die durch die Verkündung der Bildungskatastrophe ausgelösten Aktivitäten durchaus umstritten.«

(Da könnte was Wahres dran sein.)

»In Österreich trat der PISA-Schock verspätet ein: Nachdem man sich 2000 noch daran delektiert hatte, deutlich besser als Deutschland abgeschnitten zu haben, wurde das Ergebnis von 2003 als ›Absturz‹ wahrgenommen.«

(Das kann ich nun gar nicht verstehen.)

»Kritisch gesehen wird vor allem eine ›Inflation der Bildungsabschlüsse‹ mit der damit verbundenen stetigen Absenkung des Marktwertes der Abschlüsse und die fast ausschließliche Bewertung des Bildungssystems nach dem Anteil der Abiturienten an einem Altersjahrgang, der Abiturientenquote. Dieser Wert wird relativiert durch die berufliche Bildung, die in den deutschsprachigen Ländern eine überaus wichtige Funktion für die Berufs- und Lebensplanung von Jugendlichen hat, während sie in vielen Spitzenländern der PISA-Tabellen wenig Bedeutung hat. Eine Antwort darauf suchte in der Reformzeit das Berufsbildungsgesetz der Großen Koalition 1969.«

(Ich nehme an, sie suchen noch immer)

Es gibt eine Vielzahl unterschiedlicher Studiengänge. Auf welche sich der nächste Kandidat spezialisiert hat, lässt sich nicht so einfach erschließen. Lesen Sie selbst:

A – STATUS: heute poste ich mal stink sauer ... zu was studiert man eigendlich in österreich ...

Gefällt mir 1

B: *»titelgeil* :-)« (eine direkte Ansage)

C: :-((Mitleid in Form von Zeichensprache)

C: *»Armer du* :-((Auch in schriftlicher Form, für Fortgeschrittene)

A: *»weder des nu des ... i sag jetzt net wie du in austria an job bekommst ;-) oder förderung ... titel brauchst kann ...«* (Da er selber die Antwort nicht kennt, ist es taktisch ein guter Zug, mit den Worten: »ich sag jetzt nicht wie«, zu argumentieren, so könnte er mit etwas Glück aus dieser Bredouille rauskommen)

D: *»wird schon werden... :-))))«* (etwas Stabilität kann nicht schaden)

A: *»danke D ;-)«* (Man merkt, dass er studiert hat, er weiß, dass er sich bedanken sollte)

E: *»würdest auch ins ausland gehen?«* (Ein Neuer im Bunde, der nicht aufgepasst hat)

F: *»was ist los A?«* (Noch einer, der den Text definitiv nicht verstanden hat)

G: *»Titel alleine reicht noch lange nicht um eine Jobgarantie zu haben, das war mal ...«* *(Für alle Beteiligten wird im Schlussplädoyer alles in leichten Worten zusammengefasst)*

Große geistige Gaben. Ein Konsortium dieser Gruppe würde jedes
Problem zu lösen wissen.

✱✱✱✱✱ ✱✱✱✱✱ ✱✱✱✱✱ ✱✱✱✱✱ ✱✱✱✱✱

**A – STATUS: Scheiß, gschissena behindata wie deppad woa i mid 16,
daun wa i schau längst nimma do!**
B: »*Wtf ... wos is los?*« (Vorsicht geboten, diskret nachfragen)
A: »*Jo is grod voi gschissn wieda moi, jiat woa laung ois in ordnung und
jiat is wieda ois scheiße i woit sowos eigentli nimma auf fb schreim oba do
schreib is liaba bevoa i voa lauta wut wo dageng foa!!!*« (Sie demonstriert
ihre Wut, während sie mit dem Auto fährt, und beschreibt ihre einstweilige
Situation, die, wie es scheint, etwas delikat ist.)
C: »*Was passt den jetzt nicht? Lg*« (Infos werden erbittet, das »Lg« sollte
Nachdruck verleihen)
A: »*Vü passt ned, du hosd easd a ahnung*« (Man könnte jetzt davon ausgehen, dass sie den Satz nicht weiterschreiben wollte, weil es niemanden
etwas angeht oder weil sie einen Unfall hatte.)

Liebe Leser, das ist ein Beispiel für – ja, ich weiß auch nicht genau wofür.
Es könnte ein Rätsel sein. Es ist irgendwie unbehaglich und unheimlich
zugleich.

✱✱✱✱✱ ✱✱✱✱✱ ✱✱✱✱✱ ✱✱✱✱✱ ✱✱✱✱✱

A – STATUS: haha i glaub sowos wie a herz hob i ned^^
B: »*ge sicha*« (der Biologe)

A: »*daun hob is oba nu ned gfundn*^^ *(Gefällt mir 1)*   (willkommen bei: »wer suchet, der findet«)

C: »*brachst jo e kans A ;*)«   (ein Kenner, das merkt man sofort)

A: »*na i glaub a ned das i des brauch ;)*« *(Gefällt mir 1)*   (interessanter Aspekt)

D: »*na geh des glaub i net* ^^ *prost* :-)«   (der wollte nur mit dabei sein)

B: »*irgandwaun merkstas*«   (an was? Herzinfarkt?)

Herz oder nicht Herz, das ist hier die Frage. Biologen sind in dieser Gruppe sehr stark vertreten. Die Lehre von Struktur und Funktion des Herzens wird hier sehr klar und deutlich geäußert. Das Hauptthema ist das Herzsystem, und die besonderen Kenntnisse in dieser Gruppe fördern jede Weiterbildung.

***** ***** ***** ***** *****

A – STATUS: … 1 stunde parken am flughafen wien 7,40 Euro … fuuu-ucckk you!!!

B: »*13 min parken in wels … 30 EUR (ohne parkschein) *LooL* also bist eh no guat dran!! ;*)«   (was jetzt? Soll er 22.60 € nachzahlen, oder wie?)

C: »*Das heißt, das war strafe?*«   (nein, eine Pizzabestellung)

A: »*… nein keine strafe … mit gültigem ticket …*«   (Meine Leser mögen selbst ergänzen: _____)

C: »*… nein keine strafe … mit gültigem ticket …*« *(*ein Nachahmungstäter*)*

B: »*jo C, Strafe* ;(«   (alles klar)

C: »*Das habe ich vermutet* :-)«   (der Spion wider Willen)

Hier wird der Vorwurf der Ordnungswidrigkeit diskutiert. Im Rahmen eines förmlichen Facebook-Verfahrens werden die rechtlichen und tatsächlichen Gesichtspunkte überprüft und an die Verwaltungsbehörde weitergeleitet. Lehnt der Betroffene eine Verwarnung ab oder zahlt er den Betrag nicht innerhalb der Frist ein, so tritt diese Gruppe in Kraft.

Und dann heißt es: Kobra, übernehmen Sie!

Statusmeldungen können manchmal auch zu fatalen Folgen führen, wie die nächsten Berichte zeigen.

Treten Sie mit mir in eine andere Welt ein. Betrachten Sie manches aus einem Blickwinkel, den Sie so vielleicht noch nicht kannten. Werden Sie Zeuge von Glanzleistungen diverser Menschen, die sich selbst übertroffen haben.

Der Arbeitsplatz

Wenn man Facebook-Fan ist, sollte man es sich gut überlegen, ob man Kollegen oder die Chefetage addet. Ich erlebe es immer wieder, dass sich die lieben Arbeitsbienen krankmelden, um eine wichtige Feier zu besuchen, die ohnehin alle gleich sind.
Shopping ist auch so eine Sache. An alle Facebook-User: Bitte niemals posten, wo man sich gerade befindet oder wo man hingeht, denn der Chef könnte plötzlich wie aus dem Nichts an der Kasse hinter einem stehen. Sollte es dennoch geschehen, dann heißt es improvisieren.
Auch der See im Sommer ist nicht ungefährlich. Denn auch der Chef hat Dienstschluss, und auch ihm könnte heiß werden, das heißt im Klartext, sollte auch der Chef in derselben Gegend wohnen wie die kranke Arbeitsbiene, so könnte das Zusammentreffen vorprogrammiert sein, und wenn man dann nicht mindestens einen Gips trägt, würde ich meinen, es könnte zu Erklärungsnöten kommen. Außer man sieht ihn vorher, da wäre eine dunkle große Sonnenbrille von Vorteil, um fluchtartig den Badesee zu verlassen.
Aber der Schuss kann auch nach hinten losgehen, auch wenn man sich nicht krankmeldet. Vorsicht ist immer geboten, wenn man mit Kollegen oder den Chefitäten befreundet ist.

Aufgrund des folgenden Beispiels können wir lernen, wie wir es *nicht* machen sollten. Eine Facebook-Userin schrieb Folgendes über ihren Arbeitsplatz:

»*Oh mein Gott, ich hasse meinen Job. Mein Boss ist ein perverser Wichser, der mich irgendwelchen Scheiß machen lässt. Wichser.*«

Dieser Hilfeschrei wurde bestimmt falsch verstanden, denn der Arbeitgeber hatte an diesen Zeilen nicht viel Freude. Er schrieb zurück:

»*Ich glaube, Du hast vergessen, dass Du mich hier geaddet hast, oder? Schmeichel Dir nicht selbst. Außerdem: Du hast hier fünf Monate gearbeitet und nicht mitbekommen, dass ich schwul bin? OK, ich verhalt mich zwar nicht wie eine Königin im Büro, aber ein Geheimnis ist es nicht. Außerdem: Der »Scheiß«, den Du erledigst, ist dein Job, für den ich Dich bezahle. Aber die Tatsache, dass Du auch die einfachsten Aufgaben vermasselst, lässt Dich wohl zu dem Schluss kommen. Du hast wohl vergessen, dass Du noch zwei Wochen in der Probezeit bist. Du brauchst morgen nicht zu kommen. Die Kündigung schicke ich mit der Post [...] Und: Ja, ich meine es ernst.*"

Ob da das Dienstzeugnis auch mit dabei ist?

***** ***** ***** ***** *****

Einladungen

Ganz groß berichteten die Medien von einem Fall in England. Ein Mädchen lud versehentlich zu ihrer Party ein paar Leute mehr ein. So was kommt schon mal in den besten Familien vor. 21.000 Zusagen und

Polizeischutz waren die Folge. Da könnte manch Promi vor Neid erblassen. Sie vergaß, das Hakerl bei »privat« zu setzen.

Ja, die Engländer nehmen Einladungen ziemlich ernst.

***** ***** ***** ***** *****

Missverständnisse

Bleiben wir noch in England. Missverständnisse sind auch dort üblich. Denn man sollte nicht nur den Ballermann in Betracht ziehen, damit man weiß, dass die Engländer auch ein wenig anders ticken können. Das folgende Beispiel könnte ein wenig verwirrend klingen, deshalb vorher noch eine Info:

Salmonellen in Englisch: salmonella. Lachs in Englisch: salmon.

Ein User schreibt:

»Habe gerade eine rohe Hühnerbrust gegessen. Sieht so aus, als ob mir jemand zwanzig Dollar schuldet.«

Eine stolze Leistung. Doch ein Freund machte ihn auf Folgendes aufmerksam:

»Alter, du holst dir noch Salmonellen.«

Der User kommt sich missverstanden vor, denn er korrigiert seinen Freund:

»Alter, ich habe Hühnchen gegessen, nicht Lachs.«

Das Ende der Geschichte ist nicht bekannt, aber ich hoffe, der User lebt auch heute noch in bester Gesundheit.

***** ***** ***** ***** *****

In Sachen Liebe

Statusmeldungen sind nicht gleich Nachrichten, viele wissen es, einige nicht. Diejenigen, die es nicht wussten, wissen es spätestens dann, wenn es bereits geschehen ist, ganz offiziell, statt heimlich und leise in der persönlichen Nachricht. Vor allem, wenn es sehr delikat ist, wie der nächste Beitrag zeigt. Solltest du unter 18 Jahren sein, blättere um und lese auf der nächsten Seite weiter. Solltest du volljährig sein, verklemmt und prüde, so kannst du in den nächsten Zeilen noch was lernen. Achte auf die Formulierung, denn die hat einen etwas delikaten Beigeschmack:

»Danke, Michael. Ich hatte auch eine großartige Zeit. Ich bin froh, dass Dir auch meine Muschi gefallen hat ;)
Ich muss gestehen, dass ich schon seit langer Zeit keinen Sex mehr hatte. Von einem so starken Mann bestiegen zu werden, war eine wahre Wohltat nach so vielen Monaten der Abstinenz. Ich hoffe, diese Nachricht erschreckt dich nicht. […] Du bist ein gern gesehener Gast in der Liebeshöhle zwischen meinen Schenkeln.«

Die anschließenden Kommentare werde ich hier nicht erläutern. Ich glaube, die kann sich auch so jeder vorstellen, dass da die Post abging. Aber einen möchte ich erwähnen, denn es war wirklich lieb gemeint, er schrieb:

»Klick ins rechte Eck auf Verbergen ... nebenbei: Glückwunsch!«

Ich enthalte mich hier der Worte, denn die Userin ist ohnehin genug gestraft.

Ein nettes Pärchen hat beschlossen, weniger Infos im Facebook preiszugeben, und sie haben den Beziehungsstatus aus dem Profil entfernt. Ein fataler Fehler, denn innerhalb weniger Minuten verbreitete sich die Nachricht, dass dieses nette, langjährige und glückliche Paar sich getrennt hatte. Welch scharfsinnige Schlussfolgerung vom Facebook-Volk! Alle sprachen ihre Anteilnahme zu diesem schrecklichen Ereignis aus, von dem nur das Pärchen selbst nichts wusste. Ob sie überrascht waren, als sie wieder in die virtuelle Welt einstiegen?

Ziemlich peinlich war auch, was einer Bekannten von mir passiert ist. Sie hatte mit einem Typen Sex. Sie kannte ihn schon länger, aber bis ins Bett hatten sie es bis dahin noch nie geschafft. Sie änderte ihren Beziehungsstatus am Tag danach auf »vergeben«. Er dagegen hatte eine etwas andere Vorstellung von dem Ganzen. Für ihn war es ein One-Night-Stand, wie er im Buche steht, und so war er etwas verblüfft, als er diese frohe Botschaft hörte. Ich hätte alles darum gegeben zu sehen, wie ihm beim Lesen der Nachricht seine Gesichtszüge entgleisten.

***** ***** ***** ***** *****

Betreff: Profilbild

Ein Facebook-Aufruf der etwas anderen Art möchte erreichen, dass weibliche Nutzer eine Woche lang ein Bild ihrer Brüste als Profilbild verwenden. Ob da geschummelt werden darf?

Vorher konnte man das Profilbild gegen das Bild einer Comicfigur aus der Kindheit tauschen. Da war alles vertreten: Asterix, Donald Duck ... u.v.a.
Der Trend danach lautete:

»Alle Mädels sollen ihr Profilbild ändern. Nehmt ein Bild eurer Brüste als Profilbild. Ziel des Spiels ist es, keine echten Köpfe mehr auf Facebook zu sehen, sowie eine Woche lang alle Männer glücklich zu machen! Vorteil gegenüber Comicbildern: keine urheberrechtlichen Verletzungen.«

Elegant umschrieben. Keine urheberrechtlichen Verletzungen. Ist doch toll, wenn sich das Männchen so dermaßen selbstlos um das Weibchen kümmert. Es erinnert mich an einen Hund mit dem Stöckchen.
Aber wie sieht es da mit den AGBs aus? Denn wir dürfen keine Inhalte posten, *die verabscheuungswürdig, bedrohlich oder pornografisch sind, sie dürfen nicht zu Gewalt auffordern oder Nacktheit sowie Gewalt enthalten.* Haben sich die Herren der Schöpfung auch damit auseinandergesetzt? Bestimmt nicht. Diese Art von Schmalzlockenpapagallos, deren letzte Hoffnung es ist, ein Nacktfoto anzugucken, um zumindest sagen zu können, dass sie wie kräftige Eber übers Facebook galoppiert sind, im Augenblick der besonderen Erregung. Reife Leistung, meine Herren!

***** ***** ***** ***** *****

Die dümmsten Verbrecher

Man stelle sich nun folgende Situation vor:
Wir befinden uns in West Virginia. Ein Mann steigt in ein fremdes Haus ein. Der Adrenalinspiegel ist auf dem Höhepunkt. Er erkundet die

Sachen, die er mitgehen lassen möchte, und packt alles schnell in den mitgebrachten Beutel. Kurz vor den Weg in die Freiheit entdeckt er einen Computer, und dann … setzt er sich gemütlich hin, loggt sich in Facebook ein und erkundigt sich da nach dem neusten Klatsch und Tratsch. Anschließend verlässt er befriedigt das fremde Domizil, wobei ihn wenig später die Polizei hoppnahm, da er vergessen hatte, sich auszuloggen.

Die Gerechtigkeit siegt am Ende doch, auch wenn ihr die Dummheit zu Hilfe kam.
Geben wir dem armen Irren eine Chance. Vielleicht legt er das nächste Mal noch einen drauf, indem er beim Einbruch einfach vorm Computer sitzen bleibt, weil er die Zeit übersieht. Könnte ja sein. In Zeiten von Farmville ist alles möglich, da vergeht eine Stunde wie im Flug. Sicherheitsschloss und Alarmanlage sind tabu. Einfach einen PC in guter Sichtweite platzieren, und schon kann man das Haus in Ruhe verlassen. Einen bequemen Sessel, Kekse, damit es der Einbrecher auch so richtig gemütlich hat. Das garantiert, dass er noch da ist, wenn man nach Hause kommt, um ihn in flagranti zu erwischen. Solltet ihr euch auch mal in so einer Situation befinden, keine Panik: Dem Täter könnt ihr wahrscheinlich noch im Facebook helfen, wenn er was falsch macht, er würde es bestimmt nicht schnallen.

Der Nächste im Bunde war ein ganz Schlauer. Nach seiner Verurteilung floh er aus dem Gefängnis und war wochenlang auf der Flucht. Doch die Magie von Facebook war stärker, denn monatelang berichtete der Kriminelle mittels Statusmeldungen seinen Fans und versorgte sie mit aktuellen Infos. Da sie jedoch Skepsis gegenüber dem Kriminellen an den Tag legten und seine Glaubwürdigkeit anzweifelten, ließ der ehemalige Häftling es sich nicht nehmen und postete zum Beweis an

Weihnachten ein Foto, das ihn freudestrahlend mit einem Truthahn zeigte.

Es erübrigt sich, zu erwähnen, dass es keines Columbo bedurfte, um ihn festzunehmen.

Aber ich verstehe ihn. Es würde mir auch das Herz brechen, wenn mir in so einer Situation keiner Glauben schenken würde.

Selbstjustiz verübte der nächste Kandidat. Er stellte einen Brötchendieb mittels Facebook. Der Täter stahl monatelang Brötchen von der Tür eines Cafés in Düsseldorf. Denn auch Diebe haben Hunger, und Brötchen sind in dieser Branche angesagt und heiß begehrt. Der Cafébesitzer kochte vor Wut, und anstatt zur Polizei zu gehen, nahm er die Aktion selber in die Hand.

Er installierte geschickt eine Videokamera im Eingangsbereich des Cafés, und bereits nach kurzer Zeit tappte der Täter in die Falle.

Der Cafébesitzer war anscheinend ein treuer *Aktenzeichen XY*-Fan, denn er postete das Video auf seiner Facebook-Seite, mit der Überschrift: »Wer kennt diesen Mann?« Währenddessen erstattete er noch Anzeige bei der Polizei. Alles ging schnell, denn noch vor Ort meldete sich ein anonymer Anrufer, der den Namen des Brötchendiebes wusste. Die Polizei lobte den Cafébesitzer für seine Dienste, und die Ermittlungen wurden eingeleitet. Wie sich herausstellte, war der Täter ein junger Mann aus der Nachbarschaft.

Die Freude des Cafébesitzers weilte nur von kurzer Dauer, als er erfuhr, dass die private Fahndung illegal war. Nils Schröder, Sprecher des NRW-Datenschutzbeauftragten, gab bekannt: »*Eine solche Öffentlichkeitsfahndung ist der Polizei vorbehalten. Und selbst die braucht dafür einen Gerichtsbeschluss. Dafür gibt es strenge Regeln, wenn von der Kamera auch öffentlicher Raum erfasst wird.*« Des Weiteren sei die Videoaufnahme selbst nicht in Ordnung gewesen.

Die Behörden werden sich demnächst näher mit diesem Fall beschäftigen, so Schröder. Grundsätzlich können allerdings Bußgelder von bis zu 300.000 Euro verhängt werden.

Das hat er richtig gut gemacht. Ich stelle mal die Frage in den Raum, wie viele Brötchen man für so viel Kohle bekommen mag.

***** ***** ***** ***** *****

Die Kirche / Im Namen des Herrn

Wie der nächste Bericht zeigt, sitzen auch Nonnen mit Freude vorm Computer. So auch Schwester Maria. Die Freude weilte nicht von langer Dauer, aber sie weilte immerhin für einen göttlich schönen Augenblick. Für einen kurzen Blick in die Außenwelt – da wird Jesus schon nichts dagegen haben, schließlich ist man ja nicht aktiv, sondern nur passiv dabei. In Zeiten wie diesen ist Online-Banking auch sicherer, denn es erspart einem, in die böse Stadt zu gehen.
Facebook macht auch vor der Kirche keinen Halt, und so hatte Schwester Maria auch schon bald ihre eigene Seite, mit sage und schreibe sechshundert Freunden.
Sie verkündete täglich die Frohe Botschaft, aber die positive Resonanz blieb aus. Der Fluch ließ nicht lange auf sich warten, denn nach 35 Jahren als Nonne wurde sie des Klosters verwiesen. Einfach ausgesetzt, denn als Nonne sollte man keine Kontakte zur Außenwelt pflegen. Was für eine Welt.
Schwester Maria trug es mit Fassung. So wohnt die damals 54-jährige Ex-Nonne wieder bei ihrer Mutti, wo sie, wie sie selbst sagt, »ihren Horizont erweitern« möchte.

Über die Kirche könnte man noch dies und das berichten. So wurde ein Pastor aus Toledo seines Amtes enthoben, weil er, so sagt man, sich via Internet als Sexsklave angeboten hat. In Italien ist ein Fall bekannt, wo eine Nonne ihren Exfreund anklagte, weil er Nacktfotos im Facebook verbreitete. Welch ein Aufstand, und das für eine Nonne, die nackt ohnehin keiner wiedererkennen würde. Letztens vernahm ich in einer Reportage, dass es in stufenförmigen Schritten Richtung Online-Beichte geht. Pfarrer Toni möchte das Wort Gottes in Facebook verkünden. Halleluja!

Noch nicht mal im Facebook macht die Kirche Halt! Die Gier manifestiert sich, und der Fluch macht sich breit.

Die Zukunft des Online-Spendens naht, und jeden Tag ist ein anderer Bibeltext als Statusmeldung zu lesen. Im Chat können die Schäfchen sich artikulieren, und der Pfarrer ist mit dabei als Schiedsrichter. Gelobt sei Jesus Christus, die Zukunft der Kirche nähert sich mit langsamen Schritten immer mehr Richtung Fortschritt.

Praktisch, denn Kindesmissbrauch und sonstige beliebte Praktiken kann man in der modernen Zeit gut vertuschen. Denn viel wichtiger ist es, online den Schäfchen in einer Diskussionsrunde näherzubringen, dass wer in Zukunft ein Kondom benutzt, nun nicht mehr zwingend ein schlechtes Gewissen haben muss. Der liebe Papst Benedikt hat einen eingeschränkten Gebrauch erlaubt.

Also, ich finde das wirklich nett von ihm. Auch wenn es nur für Ausnahmefälle gilt. Immerhin, der Mann zeigt Herz.

Am 24. Dezember meldete sich als Highlight der Papst persönlich. Natürlich mit dem neuen Video, das für dieses spektakuläre Ereignis extra aufgenommen wurde. Für die Singles und alle, die Zeit haben, mit der ungekürzten Fassung. Für alle anderen die geschnittene Version. Ein Live-Interview, versteht sich von selbst. Außerdem darf jeder

Gläubige nur eine Frage posten, diese wird anstandslos beantwortet, auch auf die Gefahr hin, dass das System zusammenbricht.
Denn es naht die Rettung in letzter Minute, der Papst tritt als die »Nummer eins« auf, für all diejenigen, die die hohe Kunst noch nicht beherrschen, den Katholizismus den Schäfchen näherzubringen.

Das neue gelobte Land, die Plattform sei gepriesen. Und die neuen zehn Gebote bringen einen frischen Kick. Man findet sie unter Infos. Sie lauten:

Ich bin Facebook, deine Plattform. Du sollst keine anderen Plattformen neben mir haben. Du sollst nur an eine Plattform glauben und die katholische Seite anbeten.
Du sollst Facebook nicht missbrauchen.
Du sollst die Geburtstage der Freunde heiligen.
Du sollst deine Nachbarn in FarmVille und CityVille ehren. (denn bald ist die Kirche vor Ort)
Du sollst auch die katholische Seite ehren.
Du sollst nicht andere Seiten ansehen.
Du sollst täglich unsere Seite besuchen.
Du sollst nicht falsche Angaben machen.
Du sollst nicht begehren Deines nächsten Seite.
Du sollst nicht begehren Deines Nächsten Profilfotos und Informationen.

Hast Du alles verstanden? So bestätige es mit »Gefällt mir«.

Am Sonntag wird das aktuelle Facebookunser gesprochen, denn auch die Kirche hält im Trend Schritt:

Facebook unser,
geheiligt werde das Adden,
viele Freunde sollen kommen,
unser Wille geschehe,
wie in der Kirche so auch auf Facebook.
Unser tägliches technisches Wissen gib uns heute,
und vergib uns, wenn wir nicht so schnell begreifen,
so wie auch wir vergeben
noch denen, die zurzeit besser sind.
Und führe uns nicht zum Trojaner,
sondern erlöse uns von den Viren.
Denn Dein sind die Plattform und die Macht
und die Hoffnung, dass es so bleibt, in Ewigkeit.
J

Hurra, die neue Kirche ist geboren!! Welch ein Fortschritt!!

***** ***** ***** ***** *****

Gesundheit

Eine 42-jährige Britin verübte Selbstmord. Die Frau teilte es vorher ihren über tausend Facebook-Freunden mit. Das Interesse war so groß, dass keiner ihr Hilfe anbot. Niemand. Nicht ein Einziger.
Merkwürdig, wenn man ein Kreuz bei »privat« vergisst, kommen bis zu 21.000 Personen zu einer Geburtstagsparty.
Falls ein Mensch um Hilfe schreit, weil er aus irgendeinem banalen Grund nicht mehr weiterleben möchte, kommt nicht ein Einziger. Mein Vertrauen in die Menschen wächst und wächst. In diesem Sinne an all

die Freunde, die sie hatte: Starke Leistung. Der Drang, in den Spiegel zu gucken, hat hoffentlich niemand überkommen.

Die britisch-irische Hilfsorganisation *Samaritans* bietet jedem Nutzer Hilfe an. Oder man kann bei Verdacht auf Gefahr einen Beitrag melden. Ist es nicht schön zu wissen, dass fremde Menschen, die nicht in der Freundesliste stehen, eine Hilfsorganisation gründen, für Menschen, die Hilfe brauchen? Ein kleiner Schritt nach vorwärts ist besser als gar keiner.

Facebook-Depression, so lautet die neue Krankheit. Laut eines Berichts in *Pediatrics* soll das soziale Netzwerk einen negativen Einfluss auf unsichere Teenager haben. Das Gefühl, nicht dazuzugehören, wenn sie ihre Mitmenschen auf witzigen Fotos sehen oder bei lustig fröhlichen Konversationen. So werde ein verzerrtes Bild der Realität erzeugt.

Noch ist man unsicher, ob es sich bei der Facebook-Depression um eine eigene Krankheit oder die Ausweitung einer bestehenden Depression handelt. Dennoch sei man sich sicher, dass Facebook negativer wirken kann als reale Gespräche und Gefühle (z. B. in der Schule).

Also, jetzt bin ich platt. Face to face ist »b«, wie besser. Das nenne ich doch mal gute Neuigkeiten!

Weiter heißt es: Facebook ist nicht real. Was! Wie kann das sein? Also das hab ich nun wirklich nicht gewusst. Was mache ich jetzt? Diese Information kommt so unerwartet und plötzlich! Ich denke, das ist bestimmt allgemein bekannt. Aber das kann nur der Mensch selbst ändern. Es war schon immer leichter, vor Problemen davonzulaufen, als sich ihnen zu stellen. Daran hat sich nichts geändert, Facebook beschleunigt das Ganze nur und macht es offizieller.

Der Großteil der Menschheit befindet sich schon vor Zeiten von Facebook auf der Flucht. Das Leben war schon immer eine tickende Zeitbombe, und der Genuss des Seins wurde längst vorher verlernt. Zusammenhalt ist ein fremdes Wort geworden.

Aber Facebook ist praktisch, denn alles, was im Leben schiefläuft, kann man auf diese Plattform abwälzen, und nach den Gründen zu fragen erübrigt sich dann.

So appellieren Ärzte nun an die Eltern, sich intensiver mit dem Online-Leben ihrer Kinder zu beschäftigen und ihnen deutlich zu machen, dass man Facebook nicht mit der Wirklichkeit vergleichen kann. Sensationell! Diese äußerst interessante Information kommt von oben! Aus den Reihen der hohen Mediziner. Studierte Menschen, das fördert Vertrauen.

Dabei wäre vor allen Dingen interessant zu erfahren – und bei der Antwort bin ich mir gar nicht so sicher –, ob nicht auch deren Eltern die Realität mit Facebook verwechseln. Schon mal darüber nachgedacht? Und was dann?

Wie soll man das Problem angehen, wenn das Problem selbst die Eltern sind? Dies ist, wohlgemerkt, nicht immer so – aber immer öfter.

***** ***** ***** ***** *****

High Society

Etwas Besonderes hat sich eine englische Rockband einfallen lassen. Die Fans sollten das passende Album zusammenstellen, also zehn Songs und das Cover. Das selbst erstellte Album gab es dann zum Download. Natürlich kostet das was. Zum Promoten erhält man eine Website, unter anderem auch bei Facebook.

Die lieben Fans da draußen werden nun zum Produzenten und zum Käufer in einem. Ist das nicht fantastisch? Und im besten Fall kann man sein zusammengestelltes Album selbst weiterverkaufen und Gewinn machen. Sensationell, es muss nur einer kommen, der sagt, was man tun soll, und schon kann's losgehen.

Ach, möge mich die große Welt da draußen auch so doll lieben, dann gehört mein nächstes Buchcover euch, das versteht sich von selbst. Jeder von euch darf sich an einem Absatz beteiligen, was er den Menschen da draußen mitteilen möchte. Ich werde freudigst bereit sein, Story um Story in unser Projekt einzuarbeiten, um gemeinschaftlich zu neuen Horizonten aufzubrechen.

Meine lieben, treuen Ergebenen – Ihr braucht es dann nur noch zu verkaufen, damit wir dann alle gut leben können. :-)

***** ***** ***** ****** *****

Dass Politiker auch nur Menschen sind, das hat uns der US-Abgeordnete Anthony Weiner bewiesen. Dieser nette Mensch hatte den brillanten Einfall, Sex-Kontakte im Internet zu haben, unter anderem, wie kann es anders sein, wurde auch Facebook mit seiner Anwesenheit beglückt. Ob er die Damen auch getroffen hat? Oder war das etwa eine Generalinspektion ohne Ölwechsel?

Behauptet wurde auch Telefonsex mit einem Pornostar. Ja, die High Society bleibt sich treu, das muss man ihr schon lassen.

Aber er liebt seine Frau über alles, das war wahrscheinlich der Grund, warum er am Anfang alles abgestritten hat und sich in die Opferrolle begab. Das Volk aber lässt sich nicht beirren, und die Wahrheit kam ans Licht!

Seine unschönen Gewohnheiten hat er bei einem tränenreichen Auftritt entschuldigt, er gab zu, gelogen und schreckliche Fehler gemacht zu haben. Er möchte auch ein besserer Ehemann und gesünderer Mensch werden. Oh, gebt diesem Manne eine Chance, er zeigt doch seinen starken Willen, die therapeutische Behandlung wird bereits durchgeführt, und der bittere Beigeschmack ist seine berufliche Auszeit. Habt Mitleid, ihr lieben amerikanischen Bürger, mit einem so gebrochenen Mann, der zutiefst bereut, aufgeflogen zu sein, um als Geächteter seiner selbst zu enden. Enthebt ihn nicht seines Amtes und lasst ihn weiter würdevoll walten, denn bei ihm weiß man schon, was er auf dem Kerbholz hat. Beim Nächsten müsste man wieder von vorne beginnen. Wäre doch unklug.

***** ***** ***** ***** *****

Unsere Bahn

Wie sollte es anders sein, auch die Bahn macht von Facebook Gebrauch. Die letzte Hoffnung, sich zu etablieren, danach dürsten auch sie. Der richtige Riecher zum Einstieg, und schon sind über 10.000 Fans auf ihrer Seite. Aber wie Fans nun sind – sie wollen diskutieren :-).
Beim Unternehmen »Bahn« hatte man aber nun gar keine Lust dazu. Welch Neuigkeit! Sie waren leicht überfordert (?) (:-)) und handelten nach dem Motto: Keine Antwort ist eine gute Antwort.
Aber sie ließen sich eines Besseren belehren, und nun stehen sie ihren treuen Ergebenen mit Rede und Antwort stets zu Diensten. Ist das nicht erfreulich?

***** ***** ***** ***** *****

Facebook: News! Änderung der Regeln

Seit etwa Mitte Juli sind neue Regeln für die Namensgebung angesagt. Ist die Seite nicht den neuesten Regeln angepasst, werden beinhart Administratorenrechte entzogen. :-(

Ausnahmen gelten nur dann, wenn die Schreibweise durch Verwendung in wichtigen Nachrichten bzw. Medien nachgewiesen werden kann. Ob die ZIB da wohl dazuzählen mag?

Laut der neuen Richtlinie muss der Name der Facebook-Seite in korrekter Rechtschreibung geschrieben werden. Den Namen darf man nicht mehr ausschließlich in Großbuchstaben schreiben.

Allerdings wird die Gültigkeit des Namens schon beim Ausfüllen des Formulars überprüft. Welch Glück wir doch haben, so können wir gleich feststellen, ob du »DU« bist und er »ER«.

Der KGB wäre hier bestimmt vor Neid erblasst. Hätten ihnen doch damals schon solche Instrumente zur Verfügung gestanden! Aber vielleicht schlittert ja das gemeine Fußvolk durch, und nur bei Firmen machen sie einen auf pingelig?

Wer weiß, wer weiß – die Zukunft des Facebooks wird vielleicht noch eine große Rolle in der Politik spielen, denn auf einer Plattform, wo freiwillig die Menschheit »*den Großen*« einen Dienst erweisen, wo freiwillig jede Information, auch wenn noch so klein, öffentlich gepriesen wird – da wird es eines Tages kein Entrinnen mehr geben.

Was die Gestapo nicht schaffte, schafft Facebook umso mehr!!

Heilig Facebook!!! :-)!!!

Die Zukunft des gläsernen Daseins ist zur Gegenwart geworden, und der Mensch ist in seiner eigenen Angst gefangen, es wird mit der Dummheit gearbeitet – die ersten Erfolgslorbeeren sind bereits zu erkennen, aber das ist eine andere Geschichte …

HABEN SIE FRAGEN? WIE ZUM BEISPIEL:

Wie schütze ich mein Facebookprofil?

Gute Frage. Es heißt, die Datenschützer seien alarmiert. Aber es können nur dann Informationen an die Öffentlichkeit hinaus, wenn man zu ihnen Zugang hat. Keine persönlichen Daten preisgeben! Passwort! Wenn es eine Person gibt, mit der ich nicht mein Interesse teilen will, kann ich sie entweder blockieren, oder ich gehe auf: »Privatsphäre-Einstellungen« – »Benutzerdefiniert« – markieren – fertig. Aber es geht auch unkomplizierter: löschen.

Ist Facebook tatsächlich etwas wert?

Zum gegenwärtigen Zeitpunkt gilt Facebook für die Mehrheit als etwas Besonderes. Man kennt die Trends, und aufgrund der Werbung muss man nicht Bodo Schäfer heißen, um zu wissen, Facebook ist lukrativ. Aber man sollte es nicht überbewerten.
Vorm Börsengang von Facebook wurden die Spekulationen angeheizt, wonach das Netzwerk hundert Milliarden Dollar wert sein könnte. Das wäre der größte Börsengang aller Zeiten geworden. Es wurde aber auch vorab schon von einem Hype gewarnt, einer von bestimmten Interessengruppen erzeugten Blase.
Tatsächlich erzielte Facebook beim Börsengang im Mai 2012 dann Einnahmen von 12 Milliarden Dollar. Auch wenn dies der größte Internet-Börsengang des Jahres war, fiel die Aktie innerhalb weniger Wochen auf ein Drittel ihres Wertes, und der Börsengang wurde allgemein als Fiasko gesehen.

Wie es weitergeht, bleibt abzuwarten. Es wäre mir neu, wenn die Gier nach Gewinnen zugunsten der bestehenden Investoren nicht siegen würde, aber ich lasse mich gern eines Besseren belehren, und zwar mit Schirm, Charme und Wachstumsstory.

Datenschutz – ist das alles nur Panikmache?

Der Datenschutz wird immer wieder kritisch erwähnt. Ich bin aber der Meinung, dass jeder für sein Tun und Handeln selbst verantwortlich ist. In dieser modernen Zeit sollte jeder wissen, dass alles, was man in Bild und Schrift im Netz veröffentlicht – und sei es noch so gut geschützt –, in die weite Welt hinausgetragen werden kann.

Das Problem besteht ja nur, weil man sein Privatleben überhaupt ausbreitet. Man stellt peinliche Fotos ins Netz, oder man lästert über jemand aus dem Bekanntenkreis ab, und dann – oh, mein Gott, welch Wunder! – wird man erwischt, und die nette Person von nebenan, über die man sich ordentlich ausgelassen hat, sieht einen ab jetzt schräg an.

Es ist, als wenn ich ein Verbrechen begehe, aber dann nicht die Tat für den Fehler halte, sondern dass man mich erwischt hat.

Und im Übrigen verhält es sich doch um keinen Deut anders als in der Realität außerhalb Facebooks. Sie gehen durch eine Einkaufspassage, und schon sprechen Sie Personen an, die Ihnen garantierte Gewinne versichern. Sie müssen ja nur eine Karte ausfüllen. Auch hier kann sich jeder entscheiden, ob und wie er reagiert, und auch hier greift der eine oder andere gleich nach dem Kugelschreiber. Ist es nicht ein wenig meschugge, auf Facebook laut nach Datenschutz schreien, während der Postkasten draußen vor Werbung überquillt?

Wäre es nicht weitaus lukrativer, das Problem anders anzugehen, indem man die Werbeindustrie ignoriert? Ignorieren ist das beste Mittel, aber für die Menschheit unmöglich, denn das neue iPhone muss ich haben; man ist auf der Jagd nach jedem Schnäppchen; die letzte Hoffnung ist der nächste Geburtstag, wo das »Wünsch dir was« an oberster Stelle steht. Wenn die Menschen, anstatt immer nur haben zu wollen, endlich einmal einen Gang runterschalten würden und sich wieder am Sein freuen könnten, wenn sie an zwischenmenschlichen Beziehungen wieder Interesse hätten und die kleinen Dinge im Leben mehr zu schätzen lernten, dann bräuchte man keinen Datenschutz mehr, denn es wäre völlig sinnlos, Daten von Menschen zu entnehmen, die nicht mehr manipulierbar sind. Es hätte keinen Sinn mehr – es würde nichtig werden. Aber es ist viel einfacher, die Werbeindustrie anzuprangern, statt zu fragen, »Was könnte ich tun«. Wollen wir doch einmal ehrlich sein: Wir werden von der Werbeindustrie erschlagen, ja, aber nur deshalb, weil wir es zulassen.

Was die Gefahr der peinlichen Bloßstellung anbelangt, die war auch schon immer gegeben, wenn auch nur im kleinen Umfeld. Es wird gelästert und es wird getratscht, und dann erfährt es der Falsche, und man wird erwischt. Und dann – ja, dann gibt's riesigen Zoff! Zwar erfährt es in dem Fall nur die nähere Umgebung, so weit die Mundpropaganda eben reicht, und nicht die ganze Welt, aber blamiert und in aller Munde ist man ebenso.

Wer damit ein Problem haben sollte, dem empfehle ich, so wie früher, ein Tagebuch zu führen, wo man alles in aller Stille mit sich selbst ausmachen kann.

Fan oder nicht Fan, das ist hier die Frage

Unternehmer im Facebook zu sein ist heute sehr lukrativ. Nur ein »Gefällt mir.« und schon kann ich als Firma spekulieren. Wenn der Fan bereits eine Kundenkarte hat, kann man erkennen, wie viele Umsätze er bringt. *Ist es ein neuer Fan, kann man daran den Erfolg messen, was Facebook dem Unternehmen wirklich bringt.*

Laut einer amerikanischen Studie liegt die Wahrscheinlichkeit der Weiterempfehlung bei Fans höher als bei Nicht-Fans. Denn jede positive Äußerung eines Fans kann eine andere Person davon überzeugen, Kunde zu werden. Das nenne ich mal ein freundschaftliches Interesse.

Ein Empfehlungsprogramm für ihre Fans, und schon können sie als Empfehler auftreten – als Lockstoff eine Bonusleistung, denn man sollte schon ablenken. Erinnert mich an ein Rudel Hunde, die über die Knochen herfallen.

Illegal geht's auch, indem man den Freundeskreis der Fans inspiziert und analysiert, die man dann für Akquisemaßnahmen aufbereitet. Ziemlich beeindruckend.

Auch die Bewertung für das Unternehmen ist ein wichtiger Bestandteil. Man weist die Fans auch auf andere Bewertungsportale hin, wo sie ihren Kommentar verewigen können, wo das Unternehmen unter anderem auch einen weiteren Bekanntheitsgrad bekommt.

Da das Unternehmen weiß, von welchen Seiten die Besucher kommen, kann man dort genau feststellen, was der gesamte Facebook-Auftritt bringt.

Im großen Zusammenhang der Dinge interessiert mich das genauso sehr wie ein Maikäfer im Juni – aber es fasziniert! Nicht nur, dass die Online-Propaganda so reibungslos verläuft, die Werbeausgaben werden dadurch auch minimiert. Kostenloser Traffic für eine Handvoll Bonusleistungen, das Volk schluckt. Was für ein Glück! Auf die neu gezogene Linie!

Facebook-Marketing?

Marketing ist auch schwer angesagt in Zeiten von Facebook. Der Kunde von morgen macht mit seinem Handy ein Foto vom Produkt – Rechtschreibung nicht mehr erforderlich, wie praktisch! –, sendet es dann an eine visuelle Suchmaschine, und just in dem Moment, wo das Produkt erkannt wird, wird man auf Online-Shops verwiesen, wo es auch schon erworben werden kann. Damit Bilderkennungsdienste erledigt werden können, wird alles in einer Datenbank hinterlegt. Die passenden Produkte sollten daher mit dem passenden Link versehen werden.
Die Prognose lautet, dass alle in Zukunft über Facebook einkaufen können. Die Versuche laufen bereits. Alle Netznutzer von heute sind potenzielle Käufer von morgen. Ist das nicht fantastisch? Die Zeiten sind bald vorbei, wo man aus dem Haus gehen muss. Der privilegierte Mensch von heute kann sich ab jetzt nur noch zu Hause aufhalten und das Leben aus der Entfernung genießen. Zwischenmenschlicher Online-Kontakt – so heißt die neue schriftliche Form der Freundschaft. Umso besser für die lieben Menschen, die sich nicht merken, was sie sagen – ab jetzt kann man nachlesen, was man so von sich gibt; das bestärkt in Zukunft auch die Glaubwürdigkeit!
Die Stabilität dieser Plattform kennt keine Grenzen.

Arbeitsplätze, die über Facebook vermittelt werden, sind noch eine Marktlücke – aber es zerbricht sich bestimmt schon irgendwer sein Köpfchen darüber. Zumindest hoffe ich das stark; denn ich kann es kaum erwarten, mich zu bewerben!
Man steht am Morgen auf, und noch im Pyjama hechtet man zum Computer, um den Arbeitstag zu beginnen.
Besonders für die Frau von heute ein großer Vorteil!
Denn die Damenwelt erspart sich schon in den frühen Morgenstunden

sehr viel Zeit – ab jetzt knapp vor Arbeitsbeginn aufstehen, so lautet die Devise, der Schönheitsschlaf wird somit wieder gefördert. Auch Stau ist nur mehr ein Wort der Vergangenheit. Die Pusteln und Mitesser im Gesicht können ihren freien Lauf nehmen; keine lästige Zeitverschwendung mehr mit den Haaren, das Bürsten war ohnehin immer sehr anstrengend. Dekorative Kosmetik wird eine schwache Erinnerung und die Gesichtsplastik wird zur Geschichte. Die Antifalti-Creme :-) erübrigt sich, und Mundgeruch hat keine Bedeutung mehr. Kaffeetratsch wird zu einem nostalgischen Begriff.

Wenn ich so darüber nachdenke, wäre es durchaus möglich, dass wir uns schon die ganze Zeit über in der Testphase befinden. Vielleicht hat die Ära der Facebook-Arbeit schon indirekt begonnen, und wir befinden uns schon direkt in der Metamorphose. Verpackt in Spielen, die, wie es scheint, die Menschen bereits in den Bann ziehen. Etwas unheimlich und doch zur Realität geworden.

Ich folgte meinem Riecher und recherchierte. Die Spuren brachten mich zu CityVille, und um zu begreifen, habe ich angefangen, mich mit dem Spiel zu beschäftigen. Ein fataler Fehler, denn es faszinierte mich so sehr, dass es mich in unbekannte Sphären trug.
Ich befand mich in einer Welt, die ich so noch nicht kannte – Stunden vergehen wie nichts; die Zeit spielte keine Rolle mehr; alles um mich war weit weg, und ich konnte ihn jetzt besser verstehen – den Lockruf der Spiele.

Liebe Leser, bitte haben Sie Verständnis, dass ich nur zwei der Spiele vorstelle – denn auf die Gefahr hin, dieses Fiasko noch mal zu durchleben, habe ich beschlossen, die anderen Spiele gut sein zu lassen. Ich habe festgestellt, dass ich anfällig für eine solche Art von Spielen bin. Ich habe mich ihnen so hingegeben, dass ich selber fast gar nicht bemerkt hätte, was da mit mir passiert.

FarmVille

Urlaub am Bauernhof mit der Familie erübrigt sich, denn in Zeiten von FarmVille ist es nicht mehr nötig, nach draußen in den Stall zu gehen, um die Kuh zu melken – nein, heute kann man eine Kuh mittels Computer melken und anschließend worin auch immer verarbeiten. Was für ein Fortschritt! Und was die Kinder betrifft, sie sind ohnehin besser dran, wenn sie zu Hause mit FarmVille beschäftigt sind. Denn das Immunsystem sollte auf keinen Fall gefördert werden, indem sie draußen im Dreck spielen. Auch die Sauberkeit wird dadurch gefördert, denn wenn man nicht schwitzt, braucht man auch nicht baden zu gehen, somit wird auch beim Wasser gespart. Nachdem die Beweglichkeit eingeschränkt ist, muss Frau Mutter auch nichts Großartiges kochen, denn wo kein Kalorienverbrauch, da auch kein Appetit. Und wenn doch, kann man sich ja eine Pizza gönnen, und McDonalds ist auch noch da. Das spart Zeit. Ausnahmsweise, und ab morgen wird »bestimmt« wieder ordentlich gekocht. In einer virtuellen Welt zu leben, wo man nichts weiter tun muss, als eine geraume Zeit abzuwarten, um zu ernten: Na das soll die Natur doch mal nachmachen! Wozu warten, wenn's schneller gehen kann? Ist doch irre, all die schönen Sachen zu tun, ohne dass man dabei im Gestank erstickt, so wie im wirklichen Leben – das würde ja

Anstrengung bedeuten. Gar nicht gut. Sehr unpraktisch, und außerdem kommt da keine Aufgabe von alleine, die man lösen kann. In der virtuellen Welt muss man einfach auf die Symbole klicken, die einem sagen, was zu tun ist. Und warum nicht vor der Wirklichkeit davonlaufen? Ist doch so viel einfacher.

Ich kenne eine Frau, die ist von FarmVille so motiviert, dass ihre Katze in eine Art Überlebenstraining miteinbezogen ist. Das Kisterl hat zwar schon individuelle Gerüche angenommen, zum Fressen bekommt sie nur, wenn sie den Test »Fang die Fliege, dann hast auch du was zum Beißen« besteht. Aber alles in allem fand ich die Katze ziemlich mutig, denn in der Wohnung kann man sich nicht darüber beklagen, keine Lebewesen zu finden. Vor allem aber könnte es eine Zeit lang dauern, bis die Katze in dieser Wohnung Hunger erleiden müsste. Es kommt natürlich auch auf die Schnelligkeit der Fortpflanzung der Insekten und die restlichen Utensilien an. Zumindest aufgrund der Größe der Beute konnte man deutlich erkennen, wie groß der Hunger tatsächlich war. Ach, das Frauchen meint es ja so gut, und man sollte im Leben auch Opfer bringen, nicht wahr.

Man sieht, man kann auch Tiere mit einbeziehen, die voller Tatenkraft das Frauchen dabei unterstützen, die Bude sauber zu halten.

Ich bin beeindruckt von den vielen Nachbarn, die man hat. Es ist doch gigantisch, wenn man bedenkt, wie freundlich doch alle sind! Die Hilfsbereitschaft ist enorm gestiegen, und wenn man selbst zum Fenster hinausschaut, sieht man nur Menschen, die egoistisch in ihren Häusern sitzen, um stur durchs Leben zu ziehen. Da kommt keiner auf einen Gedanken, dass der Nachbar nebenan eventuell Hunger haben könnte, um ihm ein halbes Apferl zu gönnen. Wozu auch, wenn man in einer virtuellen Welt so viel Gutes tun kann. Welche Dankbarkeit ich doch verspüre, FarmVille spielen zu dürfen. Hier gönnt jeder jedem alles, und zwar selbstlos! Sie sind so hilfsbereit, helfen mir mit der Arbeit. Geschenke wandern hin

und her, kreuz und quer. Phänomenal, dieses FarmVille, das kann was!
Denn bei mir hat der Postler noch nie an der Tür geläutet und freudestrahlend eine Kuh vom Nachbarn geschenkt. Mit Glockerl! :-)

Wenn man Hunger hat, so geht man draußen in den Garten und holt
sich ein Apferl. Aber meistens muss man ja gar nicht so weit laufen,
denn ein Geschenkekörbchen vom Nachbarn steht sicher vor der Tür.
Mit guten, saftigen Früchten oder knackigen Äpfeln. Man nehme sich
einen und stelle sich vor, man beiße mit aller Freude hinein. Nie wieder
hungern! Wie heißt es doch so schön: Glaube versetzt Berge.
In Wirklichkeit passiert mir das nie, und falls doch, dann kann man den
Altertumswert bestimmen, ohne aufs Ablaufdatum zu gucken. Aber in
der Welt von Facebook, nein, da ist alles knackig und frisch. Da ist nicht
mal ein Wurm drin – ich weiß nicht, haben sie vergessen, den Wurm mit
einzubauen? Wo bitte sind die Würmer?

CityVille

Dieses Spiel, erklärte man mir, sei zurzeit der Renner. Ich dachte mir,
da bin ich dabei! Meine Nachbarin gab mir die nützlichen Tipps und
Tricks mit solch einer Lust und Freude in den Augen, mit solch ostenta-
tiven Gesten, dass ich schon dachte, sie verwechselt das Spiel mit Sex.
Ich bekam sämtliche Informationen über Energie (dazu komme ich
noch) und die Dekoration. Ich bewunderte ihren Enthusiasmus, als sie
mir zeigte, wie man Freunden helfen kann, aber auch, wie ich sie ganz
einfach überhole.
Welchen Bonus die Dekoration bringt, hielt ich auch für unglaublich,
denn wenn ich so zurückdenke, wie viel Mühe ich mir bei meinem
Freund gab, vor allem unser Nest dekorativ heimelig zu gestalten, und

wenn ich in Betracht ziehe, was das alles gebracht hat, so kann ich meine Nachbarin gut verstehen, mit welch einer Freude und Dankbarkeit sie Dekorationsmaterial in CityVille sammelt. Der Bonus lockt wirklich jede frustrierte Hausfrau.

Wenn man CityVille in Partnerschaft ummünzen würde, dann hätte man einen wirklich guten Ratgeber unter der Voraussetzung, die Mitglieder geben sich genauso viel Mühe im wirklichen Leben wie in diesem Spiel der Spiele.

Sie erklärte mir, dass jede Handlung in meiner Stadt mich einen Energiepunkt kostet. Ich sollte also vorsichtig mit meiner Energie umgehen.

Hallo!! Das sollten sich unbedingt die Frauen und Männer zu Herzen nehmen, deren Partner danach lechzen, Energiepunkte zu verlieren. Das zumindest würde Sinn ergeben.

Wenn ich ein Level aufgestiegen bin, so habe ich dann wieder ein volles Energiedepot.

Na welch ein Glück, ein volles Depot zu haben! Die traurige Wahrheit ist, dass es im wirklichen Leben niemanden interessiert, wenn der andere ein volles Energiedepot hätte.

Man braucht immer Waren für die Geschäfte. Wenn man zu viele Waren erntet, braucht man mehr Lagerplatz.

Das gibt zu denken. Da bemüht man sich in irgendeinem verrückten Spiel, sich stundenlang freiwillig abzurackern, um irgendwelche Waren einzulagern, und im wirklichen Leben müsste man sich nur etwas Originelles einfallen lassen, um der Beziehung einen neuen Kick zu geben, hat dann einen Mega-Abend, und wenn es vorbei ist, haut man alles in den Schrank. Vorteil – keine Lagerhaltung!

Dekorationen sollte man unbedingt um die Geschäfte bauen, ganz wichtig. Je mehr Deko um ein Geschäft, desto mehr Erlös bringt es.

Als mir das meine Nachbarin erzählte, sah ich sie an und dachte mir, halt die Klappe, sie kapiert es ja doch nicht. Ja, das Leben kann so schön sein.

Weiterhin erklärte sie mir, ich könne Freunden helfen, bis zu fünfmal am Tag. Das kostet mich keine Energie. Meine Nachbarn helfen mir natürlich auch. Jo mei, das könnte man sich als Beispiel fürs wirkliche Leben auch vornehmen. Aber wahrscheinlich ist es da nicht so lustig, denn da könnte was Gutes und Echtes zurückkommen. In dieser anderen Welt ist es zwar nur heiße Luft, aber es gibt anscheinend den Menschen mehr, was auch immer es sein soll.
Aber wie dusselig auch immer ich dreinblickte, sie erzählte mit vollster Begeisterung weiter. Immer wenn ich eine Tätigkeit ausführe, wie die Miete von den Wohnhäusern kassieren, ein Gebäude bauen oder das Geld der Geschäfte einsammeln, kostet es einen Energiepunkt. Aber alle fünf Minuten lädt sich ein Punkt wieder auf. Wenn ich ein Level aufsteige oder genügend blaue Sterne bekomme, bin ich wieder voll aufgeladen. Und je höher das Level, umso mehr Energie. Na wenn das mal kein Schluckspecht hört! Der wird glatt glauben, wenn er das nächste Mal sternhagelblau ist, bekommt er die volle Energie – denn Sterne sieht er, und blau sind sie auch.
Wichtig sind auch die Felder, denn sie müssen pünktlich abgeerntet werden. Erdbeeren sind in fünf Minuten fertig, Möhren dauern sieben Stunden und der Mais zwölf Stunden. Für die Berufstätigen unter uns wird es jetzt ziemlich schwierig, denn diese Kunst zu beherrschen erfordert in erster Linie hohe Mathematik und strengste Disziplin. Man bedenke, es ist 18.00 abends, man sollte sich gut überlegen, ob man zu diesem Zeitpunkt Möhren ansetzen möchte, denn dies würde

bedeuten, dass sie um 1.00 Uhr in der Früh zum Ernten bereit wären. Sollte man es übersehen, hat man Pech gehabt, denn sie verdorren sehr schnell. Das heißt, man kann sich entweder den Wecker stellen, um desorientiert zum Computer zu laufen, um zu ernten – oder man hofft, dass sie bis in die frühen Morgenstunden überleben, wobei das vielleicht auch nicht so supertoll ist. Ich stelle es mir gerade vor. Echt witzig, der Wecker klingelt, man richtet sich schnell für die Arbeit her: Waschen, Zähneputzen, Anziehen, Kaffee, vielleicht noch Frühstück, wo man sich noch kauend schnell zum PC schwingt, um noch rechtzeitig abzuernten – oder auch nicht.

Freitag am Abend sagt der Freund: »Schatzi, gehen wir heute aus?« Sie erwidert: »Mausi, ich kann nicht, ich warte auf den Mais, der wird jede Minute fertig.« Oh mein Gott. In dieser Situation könnte ich mir auch gut vorstellen, dass es Mausi egal ist, ob Schatzi heute Hunger hatte.

Der PISA-Studie kann ich nur empfehlen, Facebook miteinzubeziehen. Erstens ist es die Zukunft, und zweitens fördert es alle drei Bereiche: Lesekompetenz, Mathematik und Naturwissenschaften.

Lesen können muss man als CityVille-Spieler auf jeden Fall, denn sonst versteht man die Aufgaben nicht, und mathematisch erreicht man in diesem Spiel den Höhepunkt. Was Naturwissenschaften anbelangt, die sind für jeden Spieler ein Klacks, denn jeder Spieler beherrscht die Wissenschaft, die Natur zuzupflastern.

Wie fortschrittlich CityVille ist, merkt man spätestens dann, wenn einem zu Ohren kommt, dass man ein Franchise-Unternehmen gründen kann. Ist das nicht fantastisch! Früher hat man sich über dieses System lustig gemacht, es gar nicht ernst genommen, es wurde belächelt. Und jetzt ist es anerkannt und so populär, dass es bis CityVille durchgedrungen ist, ein Franchise-Unternehmen zu gründen. Dazu braucht man nur ein leeres Grundstück, und schon kann es losgehen. Der Haken an der

Sache ist, dass man auf die Freunde oder Nachbarn angewiesen ist, die die Anfrage natürlich auch ablehnen können. Das könnte für manchen bitter werden. Ich nehme an, hier könnte man den Beliebtheitsgrad feststellen, den ein jeder Einzelner hat. Man stelle sich diese Marktlücke in CityVille vor. Ich danke dem Erfinder dieses Spiel, dass er dieses wichtige Detail nicht vergessen hat. Denn es wäre bestimmt eine große Lücke in jeder Stadt, kein so tolles Unternehmen zu besitzen.
Missionen und Ziele sind ein ganz wichtiger Bestandteil des Spiels, wenn es heißt:

Lass deinen Baum weiter wachsen, dann muss man dreißig Geschenke einsammeln.

Dann müssten die in meinem Keller nachschauen, da hätte ich so viele Geschenke, dass der Baum nicht nur hoch bis zum Himmel wäre, er wäre auch ganz fett.

Schalte den Liebesbrief frei: Ernte sechs Pflanzen.

Den Zusammenhang mit dem Liebesbrief und der Pflanze verstehe ich nicht so ganz. Aber vielleicht ist die Verbindung für des Rätsels Lösung die Zahl sechs.

Werde Bürgermeister: Besitze tausend Einwohner, sammle dreißig Mal von den Geschäften ein.

Das klingt einfach, ich dachte schon, ich müsste für den Posten wen umbringen.

***** ***** ***** *****

Aufschlussreich ist auch, worüber sich so manche CityVille-Mitglieder Gedanken machen, wie sie sich in das Spiel reinsteigern. Ich habe ein paar Punkte festgehalten:
Kann mir jemand sagen, warum nur die Hälfte der Möglichen bei mir in die Häuser einzieht?

Das hab sogar ich kapiert, das funktioniert automatisch, je nach Größe des Hauses, und der Rest kommt nach – aber es ist doch ohnehin egal, wie viele Manderl man da herumirren sieht. Es ist sogar einfacher, dieses Spiel zu handhaben. Man muss sich ja auf so viel Dinge gleichzeitig konzentrieren, Energie darf nicht ausgehen, pflanzen, ernten, bauen, Freunde helfen, Freunde kommen, um zu helfen; dekorieren, umsetzen … Mensch, das ist Stress pur, da wäre ich dankbar für jedes Manderl, das nicht vor meinen Augen umherwuselt, um mich zu irritieren. Ich war nach einer Stunde so geschlaucht, ich habe geglaubt, ich hätte acht Stunden schwerstgearbeitet. Als ich vom PC wegging, hat es sogar noch eine Zeit gebraucht, bis ich wusste, wo ich war, ich sah lauter kleine Manderl in meinem Zimmer laufen, auch wollte ich schon Erdbeeren ansetzen und habe mich gefreut, sie in fünf Minuten ernten zu können. Ich bin erst draufgekommen, als der Schlagobers fertig geschlagen war, ich improvisierte und machte mir einen Cappuccino.

Hey, ich suche Nachbarn, die oft was bei mir machen :-). Bin jeden Tag on und werde was bei euch machen. Danke.

Im ersten Moment kontrollierte ich, ob ich da wohl falsch bin. Könnte ja sein, dass ich eine falsche Seite aufgemacht habe. Aber das wurde tatsächlich geschrieben. Mich erstaunt, wie wichtig es für manche ist. Sie verbringen tatsächlich Stunden der Aufopferung für CityVille und hoffen auf neue Nachbarschaft, anstatt sich mit den realen Freunden über das Leben zu freuen.

Hi, ich habe das Problem, dass ich seit Wochen nicht mehr in meine eigene Stadt kann, bleibt unter neunzig Prozent stehen und dann ist »error«… kann mir jemand helfen?

Ja, dein Computer gibt dir ein Zeichen: Geh nach draußen und amüsier dich. Genieße das Leben in vollen Zügen und hab Spaß, der greifbarer ist.

Ich kann meiner Stadt keinen Namen geben, es kommt immer die Meldung, dass ich unangemessene Wörter benutze, obwohl das gar nicht stimmt.

Welch Tragödie. Das kann ich verstehen. Ich würde nicht einmal mehr schlafen können, wenn ich meiner eigenen Stadt keinen angemessenen Namen geben könnte. Aber Vorsicht, meine Lieben, das ist eine seriöse Seite, wählt eure Namen also mit Bedacht und aller Sorgfalt aus, schließlich repräsentiert jeder seine Stadt, und wir wollen nicht unserem Ego Schande bereiten, sondern unseren Kodex achten: Ehre – Gott – CityVille!

Ich schicke keine Tipps und Tricks mehr weiter, das behalt ich lieber für mich.

Oh, ein Ego in der Runde. Das wirkliche Leben macht sich bemerkbar, es erweckt den Eindruck, das auch CityVille davor nicht gefeit ist. Meine Gute, Egoismus ist in CityVille ein Tabu und deshalb überhaupt nicht angebracht. Ich würde mich an deiner Stelle an eine Selbsthilfegruppe wenden, die dir hilft, alles noch einmal zu überdenken. Ansonsten sehe ich die Zukunft von Dir und Deinen Nachbarn als Emissären verfeindeter Nationen.

Ich suche Nachbarn, die mir helfen :-) bin in Facebook neu, weil alle von diesem Spiel geschwärmt haben, ich danke in voraus. I'm looking for neighbors to help me, i have hot not photographic 'm new to Facebook because everyone raved about playing dieses CityVille. I thank you in advance.

Da merkt man, wie dringlich gesucht wird, und zwar international! Jeder ist willkommen, auch wenn es in Englisch betont wird, dass es kein Foto gibt. Was es allerdings mit dem Wörtchen »heiß« auf sich hat, da gibt es zwei Möglichkeiten. Entweder ein Tippfehler, oder sie möchte darauf aufmerksam machen, dass sie kein heißer Feger ist bzw. kein heißes Foto im Profil hat, da sie kein heißer Feger ist, aber trotzdem gerne Nachbarn hätte. Aber in diesem Teil der Welt ist es ohnehin scheißegal, wie man aussieht, keinen Menschen interessiert es.

Suche ein paar Nachbarn, die hilfsbereit sind. Ich verschicke so gut wie jeden Tag Geschenke, und wenn auch genug Zeit in der Freizeit ist, helfe ich auch fast jeden Tag allen Nachbarn in Eurer Stadt.

Ich wusste es! Ein Erpresser! Über kurz oder lang musste es ja so weit kommen! Bei dieser üblen Sorte würde ich mir gut überlegen, ob ich den als Nachbarn möchte. Und wenn man sich dazu entschließt, würde ich mich hüten, am 11. September CityVille zu spielen.

Mein CityVille ist nun seit zwei Tagen auf Englisch, wieso? Was mache ich jetzt?

Einen Englischkurs? Fang am besten mit Märchen an, sie sind leicht zu verstehen und für deine Zukunft in CityVille von unschätzbarem Wert.

Bitte, bitte, keine Anfragen mehr über CityVille-Nachbarn. Stress pur. Das wird mir zu viel!!!

Angeber!!!

Suche Nachbarn! Einfach Freundschaftsanfrage schicken! Bin sehr hilfsbereit und aktiv!

*Ein Aktiver in der Runde, der Selbsthilfegruppe, die entstehen wird, ist
bereits vorprogrammiert bei dieser Art von Nachbarn. Er kümmert sich um
alle fürsorglich und selbstlos. Gebet, so wird Euch gegeben werden.*

Ihr seit alle echt wiiirklich kluuug. Nochmal an alle die hier kommentare abgeben um freunde zu finden => IHR MÜSST EUER PROFILBIIIIILD
BESCHREIBENN seit ihr egoisten ??????????????? ihr seit schließlich nicht
die einzigen in Facebook mit euren namen es gibt ettliche die den
gleichen namen haben !!!!!!!!!!!!!!!! immer profilbild beschreiben z.b bei
Max Mustermann: ettliche Max Mustermann versucht es selbst hmmm
welcher von ihnen ist er nur sein text lautete nur: Hallo ich bin auch auf
der Suche nach aktiven CityViller ;) added mich einfach WIE SOLLEN
WIR DEN ADDEN WEN WIR NICHTEINMAL WISSEN WELCHER ER IST !!!!!!!!
so jetzt zu mir suche aktive freundliche nachbarn facebook name: Max
Mustermann profilbild: roter pulli stehe vor einem fenster und schaue
nach oben!danke

*Der Hilfeschrei in diesen Worten ist nicht zu überlesen. Das verzweifelte
Suchen nach Nachbarn. Die Dringlichkeit und gleichzeitig die Wut sind
phänomenal. Der Übergang in Teil zwei (ich hab's extra unterstrichen) ist
einfach genial gemeistert. Es motiviert richtig, einen solchen Nachbarn
herzlich willkommen zu heißen, der bestimmt für Stimmung sorgen wird,
um ein frisches Nachbarschaftsverhältnis zu schaffen. Langweilig wird es in
dieser Runde sicher nicht.*

Kann mir jemand helfen. Ich brauche eine Hochschule um mein Ziel zu erreichen. Jetzt weiss ich aber nicht welches die Hochschule ist. Die Oberschule oder das College. Bitte um Antwort. Danke.

Wenn jemand in CityVille schon so weit gekommen ist, dann weiß ich nicht wie. Wie man sieht, kommen auch die Dümmsten weiter.

Sobald ich ein Geschäft auf das Grundstück meines Nachbarn plaziere wird das Geld bei mir abgezogen. Bekomme ich es wieder zurück, wennn sich mein Nachbar für ein Geschäft eines anderen entscheidet?

Berechtigte Frage von einem Blitzkneisser, er hat bestimmt auch sein privates Konto voll im Griff.

Ziehe ich oder mein Nachbar irgendeinen Nachteil daraus, wenn er in meiner bzw. ich in seiner Stadt Franchise baue? Wie oft am Tag kann ich meine eigene Franchise, die in einer Nachbarstadt steht, beliefern? Und muss mein Nachbar meine Franchise dann auch beliefern, oder habe ich das für ihn getan? Danke im voraus für die Antworten

Kein Kommentar, das fällt unter Betriebsgeheimnis. Wäre ja noch schöner, wenn alles verraten werden würde.

Ich wundere mich ernsthaft über die durchweg positiven Kritiken für dieses Spiel. Ich spiele es seit ein paar Wochen und wenn es funktionieren würde, wäre es wahrscheinlich ein gutes Spiel … das Problem ist nur, es funktioniert nicht. Franchise-Geschäfte verschwinden plötzlich, die Städte brauchen ewig lange zum Laden, und je höher man im Level steigt, umso schlimmer wird es, die Zynga-Server sind fast nie erreichbar, ständig gibt es Fehlermeldungen, man kann stundenlang nicht spielen, und es nervt einfach nur noch. Fazit: Wen also die Sucht noch nicht gepackt hat, der sollte tunlichst seine Finger davon lassen, wenn er sich nicht täglich darüber und damit ärgern will ....ich habe es sehr bereut, jemals mit dem Spiel angefangen zu haben.

Dafür, dass es nicht funktioniert, weiß sie aber sehr viel. Es nervt, und sie bereut, damit angefangen zu haben? Hä? Wie wäre es – einfach aufzuhören?
Es muss ein sehr befriedigendes Gefühl sein, Moneten einzusammeln, die man in der Wirklichkeit gar nicht hat. Da fällt mir ein, vielleicht sollte ich ein Therapiezentrum für CityVille-Gestörte aufmachen. Es könnte der Sinn in meinem Leben sein, nach dem ich die ganze Zeit suche. Welch eine Berufung! All den Süchtigen meine Hand zu reichen, die professionelle Hilfe brauchen. Ich hätte die schnellste Therapie der Welt: Ich zieh den Stecker raus!
Oder wende dich an den lieben Nachbarn mit der Selbsthilfegruppe, der hilft dir bestimmt gerne weiter, und seine Methoden sind bestimmt nicht so brutal. Vielleicht bekomme ich ja dann auch einen Energiepunkt fürs Vermitteln.

***** ***** ***** *****

Die traurige Wahrheit ist, dass der Ehrgeiz grenzenlos ist, und zwischenmenschliche Beziehung ist nur noch ein Wort aus weiter Ferne. Die Zukunft, die stets so klar vor mir gestanden hatte, ist zu einer schwarzen Straße in der Nacht geworden, ich befinde mich auf unbekanntem Gebiet, während sich die Menschheit in eine Richtung bewegt, die ich nicht verstehe. Was man früher nur aus Science-Fiction-Filme kannte, wird langsam ein realistischer Bestandteil in unser aller Leben, und die

Ignoranz der Menschen – denn die Veränderungen scheinen kaum wen zu interessieren – hüllt mich in eine Art Kälte; ich kann es nicht verstehen. Es werden Spiele entwickelt, die die Menschheit fesseln, um vom Wesentlichen abzulenken. Wir werden erschlagen von Medienberichten, Fernsehen, Radio und Computer, um das Wesentliche nicht zu erkennen. Man sorgt sich für unser Wohl, und der Antrieb ist die Angst.

Die Menschen haben mehr Freude daran, stundenlang vor dem Computer zu sitzen, als einem Nachbarn zu helfen, auch wenn sie ihn nicht mal kennen, schlimmer noch, auch wenn sie ihn nicht mögen, obwohl der reale Mensch an der Nebentür im Rollstuhl sitzt und froh wäre, wenn man ihm ein wenig zur Hand geht.

Die Menschen haben mehr Freude daran, Geschenke in dieser »anderen Welt« zu geben, anstatt sich im Kreis umzusehen, ob jemand ein Kleidungsstück benötigt, und jener Person ein wenig Wärme zu schenken.

Die Menschen haben mehr Freude daran, jeden in CityVille willkommen zu heißen – auch wenn einem die Person unsympathisch ist, das spielt in CityVille keine Rolle –, als die Menschen in der realen Welt zu achten – ihnen ein Stück uneigennützig entgegenzugehen. Denn wenn jeder ein bisschen Freundlichkeit und ein Lächeln schenkt, wäre die Wirkung unaufhaltsam.

Die Menschen haben mehr Freude daran, Energiepunkte zu sammeln und zu verschenken, statt sich einmal in der wirklichen Welt umzusehen, um nur eine Stunde im Halbjahr eine ehrenamtliche Tätigkeit auszuüben. Oder einem Obdachlosen eine Zeitung für nur zwei Euro abzukaufen. Es erstaunt mich immer wieder, dass in einer virtuellen Welt alles so einfach von der Hand geht.

Die Menschen haben mehr Freude daran, sich in einer virtuellen Welt wiederzufinden, in der sie Häuser, Geschäfte und Parkplätze bauen. Jeglicher grüner Fleck, den man am Anfang hatte, wird aufgrund der Profitgier verbaut, um immer mehr zu haben. Das freilich erinnert mich stark an die Wirklichkeit.

Denn wenn in einem Spiel, in dem es nur um Macht und Gier geht, niemand auf die Natur achtet, wie sollte man es dann in der Wirklichkeit schaffen, wo das echte Geld fließt?
Ich habe einige CityVille-Städte besucht, und ich hatte ab und zu mal die Gelegenheit mit anzuhören, dass es den Stadtbesitzern zum Teil auch gar nicht gefällt, wie sie ihre Städte zupflastern. Aber sie erklärten mir, es müsse so sein, da man Hochhäuser und Geschäfte brauche, um in diesem Spiel weiterzukommen, um ordentlich abzusahnen und zu profitieren.
Es ist auch hochinteressant, meinten einige, da man tüfteln muss, wo man das nächste Hochhaus hinstellt, auch wenn man das letzte Stückchen Grün opfern müsse, denn das bedeutet Moneten und fette Kohle.

Mir lief es eiskalt den Rücken hinunter, denn unter diesen Spielern waren viele Menschen, die sich im realen Leben über die Gier und Macht der Großen ausließen. Aber wie sollte es draußen funktionieren, wenn ein Mensch es nicht einmal schafft, im Spiel am Boden zu bleiben? Nicht an Profit denkt, sondern einfach nur Spaß am Spielen hat? Vielleicht kommt jetzt der Einwand, dass ich übertreibe. Ich sollte es ein wenig lockerer sehen. Aber übertreibe ich wirklich?

Das ist der Punkt, wo jeder in sich gehen sollte, um sich die Antwort darauf selbst zu geben. Denn ich habe mit meinen eigenen Augen beobachten können, dass für sehr viele der Stellenwert eines Spieles höher als die Wirklichkeit geworden ist.

Es ist leichter, die Wirklichkeit zu ignorieren und sich vor ihr zu verstecken, weil man der Meinung ist, nichts verändern zu können.

Aber können WIR wirklich nichts verändern?

Oder wollen WIR nichts verändern?

Menschen verlernen sich zu artikulieren, und unsere Kinder zahlen den Tribut dafür.

***** ***** ***** ***** *****

Soweit mit meinem kleinen Streifzug durch die Welt von Facebook.

Danke fürs Vorbeischauen … und bis zum nächsten Mal …

aber das ist dann eine andere Geschichte… ;)

***** ***** ***** ***** *****

Danke

Ich möchte mich bei allen Menschen bedanken, die mich bei meinem Buchprojekt unterstützt haben. Es sind zu viele Namen, die ich leider nicht alle erwähnen kann. Ich danke jedem Einzelnen von euch, die mir Mut gemacht haben meinen Traum zu verwirklichen.

Nicht zu vergessen die Menschen, die in mein Leben getreten sind, wodurch ich der Mensch werden durfte, der ich heute bin.

Besonderen Dank meinen Eltern, die immer zu mir halten, komme was wolle. Vor allem in meinen jungen Jahren brauchten sie sehr gute Nerven und sie »*bewahrten Ruhe*«, damit ich mich auch gut entwickeln konnte. Danke Mum, danke Dad.

Auch bei Sandra Deutsch möchte ich mich bedanken. Sie war die Erste, die das ganze Manuskript gelesen hat und mir mit wertvollen Korrekturen hilfreich zur Seite stand.

Danke auch an Daniela Bachinger. Sie unterstützt mich bei sämtlichen Projekten und ich danke für ihren unermüdlichen Einsatz bei der Realisierung dieses Buchprojekts.

Großen Dank an Oliver Djandara und Ingrid Vidakovic. Ihr macht mein Leben besonders interessant. Dieses Glück Menschen wie euch zu kennen ist unbeschreiblich. Ihr seid in jeder Lebenslage für mich da und unterstützt mich bei all meinen Vorhaben.

Athina Spalato